復讐の女神
+Nemesis+

ぱれっと　原作
前薗はるか　著
たまひよ　原画

PARADIGM NOVELS 193

登場人物

朝野《あさの》 真理《まり》

無口で冷めた感じの少女。美夏とレズの関係にあった。なにかと伸哉に謎かけをしてくる。

南條《なんじょう》 伸哉《しんや》

南條病院に勤務する医師。病院長でもある父親の命令で、南條学園の臨時の保健医となる。

荻原《おぎわら》 柚《ゆう》　恵の双子の姉。ひかえめな性格だが頭の回転は速い。

荻原《おぎわら》 恵《けい》　明るくて努力家。事故で片足が不自由になっている。

渡良瀬《わたらせ》 美夏《みなつ》　伸哉のいとこ。学園の保健医だが、現在入院中。

下澤《しもざわ》 沙耶香《さやか》　おしとやかで、内気な性格。人付き合いがにがて。

茜《あかね》 のぞみ　将来が有望な水泳選手。現在は足を故障している。

南《みなみ》 優月《ゆつき》　好奇心旺盛で、社交的。真理の唯一の親友でもある。

第2章 恵&柚

第3章 沙耶香

目次

プロローグ 5
第1章 疑惑 23
第2章 秘密 57
第3章 誘惑 99
第4章 罠 147
第5章 真相 183
第6章 対決 205
エピローグ 235

プロローグ

ドアの向こうからは、かすかに女の子たちのものらしい笑い声や話し声が聞こえてきていた。放課後の女子校には似つかわしい喧噪《けんそう》だ。

だが、室内は静かだった。

かすかに漂う薬品臭《やくひんしゅう》。保健室、と呼ばれる場所にはつきものの匂《にお》いだ。それが、いっそう外の喧噪とこの部屋の空気を別のものに隔てている。パソコンの端末が置かれた机《つくえ》、無色や白色、茶色の薬ビンの並んだ薬品棚《やくひんだな》。

俺《おれ》には嗅《か》ぎ慣れた匂いであり、なじんだ光景だ。俺の羽織っている白衣もまた、この場にふさわしいものだろう。

しかし今、俺の手にはこの部屋にはそぐわないものがあった。

先ほどこの部屋に入ってきた時、机の上に置かれていたものだ。

一枚の写真。

場所は、この保健室だろう。窓際に置かれたベッドを写したものだ。

だが、写っていたのはベッドと窓だけではなかった。

ベッドの上に、二人の人物がいる。どちらも女で――そのうちの一人はここ、南條《なんじょう》学園の制服を着ている。

いや、着ている、というのは正しい表現ではないかもしれない。制服は前を開かれ、肩からも半ば押し落とされ、スカートはまくりあげられているからだ。

それだけではなかった。ブラジャーは押し上げれられて小ぶりの形のよい乳房があらわになっている。大きく広げさせられた下肢《かし》に下着はなく、しっとりと濡《ぬ》れそぼった淫《みだ》らな柔肉が鮮明だ。

そして、もう一方の女はその少女の秘所へ指を這《は》わせ、ぷっくらと勃《た》ちあがった色の濃い乳首へ唇を寄せていこうとしているところだった。

女と少女。俺はそのどちらをも知っていた。

女の名は渡良瀬美夏《わたらせみなつ》。先日まで南條学園の保健医をつとめていた、つまり俺の前任者だ。気にくわないことだが俺の従姉《いとこ》でもある。

美夏は現在、俺の本来の職場である南條病院に入院している。学園で階段から転落して、ケガをしたのだ。

少女は朝野真理《あさのまり》という名だ。表情のあまり豊かではない、口数も少ない少女だった。

昨夜、俺は自分の職場となる保健室で備品を確認していた時にやってきたこの少女を、まさに美夏がしていたと同じこのベッドの上で、抱いた。

学校の職員と生徒としては、そうしたことはあってはならないのだろうが、俺は学園の職員でもなければ教師でもない。どうせ赴任《ふにん》期間は美夏の代理が着任するまでの二週間だし、望んで来た場所でもない。このくらいの余録でもなければやっていられない。

(せんせい……渡良瀬せんせいと、お友達?)

プロローグ

俺の舌に秘所をぴちゃぴちゃと舐《な》められて甘ったるい鼻声をこぼしながら、朝野は抑揚《よくよう》に乏しい声でそう言った。

あれは、自分と美夏の関係を知っているのかとさぐりを入れていたのだろうか。

いや——どうでもいいことか。

しかし、美夏が学園の生徒とこんな関係だったとは。

誰《だれ》がこの写真を俺の目に触れるように置いていったのかはわからないが、気の利《き》いたことをするものだ。

ひくく含み笑いをもらした時。

「こんにちは〜〜！」

ノックの音がしたのとほとんど同時に勢いよくドアが開き、トーンとテンションの高い声が飛び込んできた。反射的に手にしていた写真を白衣のポケットに押し込み、ふり返る。

満面に笑みを浮かべた少女が、そこに立っていた。学園の制服を着ている。

「新しくいらした大城《おおしろ》先生ですよねっ？」

俺の名は、本当は南條伸哉《しんや》だ。だが学園では「大城」という名字を名乗るように、と命じられた。

一方的な通達だ。理由を問い返すことは許されなかった。南條剛三《ごうぞう》——俺の本来の勤務先、南條病院の院長であり「オーダーメイド医療」を実現するための「医療ネットワーク」

の提唱者、そして俺の父親でもある男は常にそうして他者を支配している。剛三の命令は常に絶対で、無条件で全面的に服従する以外の応対は許されることではないのだ。

——少なくとも、俺だけは。腹立たしいことではあるが。

推測がまったくつかないわけではなかった。南條学園はその名が示すとおり、病院と密接な関係にある。オーダーメイド医療の具現化にあたってイニシアチブをとることで莫大《ばくだい》な利益を得た剛三は、利益の社会への還元をうたって南條学園を創設したのだ。

その学園に、学園の創立者と同じ名字の、それも同じ医師が赴任してくれば関係者であることは明白だ。親父《おやじ》はそれを避けたいのだろう。

「先生？」

俺が返事をしなかったからだろう、少女は首をのばして俺の顔をのぞきこんできた。

「私《わたし》、間違えました？　もしかして大城先生じゃないんですか？」

「あ——いえ」

急いでかぶりを振った。「大城」を名乗れと命じられた以上、俺の名が「南條」であることを知られるのは失点だ。あの男に俺を責める口実を与えるわけにはいかない。

「ええ、僕が大城です。あなたは？」

「そうなんだぁ〜〜！　やっぱり〜〜〜！」

にっこりと、少女は満面の笑顔をさらに大きな笑みに拡大させ、そして大きな音を立てて手を打ち鳴らした。

「そうじゃないかって思ったんですよぉ～。私のカンも捨てたもんじゃありませんねっ」

「あ、あの……？」

やけに明るく跳ね上がった語尾にいささか面食《めんく》らう。

前任の保健医がケガをし、保健室に白衣を着た人物がいれば、それが新任の保健医だと見当がつかないほうがおかしいと思うのだが――少女は世紀の大発見をしたという顔をしている。

「その……失礼ですが、あなたは？」

「あっ！」

もう一度問い直すと、少女は目をまん丸に見開いて口元に手をあてた。しかしそれも一瞬のことで、すぐにまた満面の笑みに顔を崩す。

「ごめんなさい！　まだ名乗ってませんでしたねっ！」

「…………ええ」

トーンの高い声がいささか耳に障る。しかし、あからさまに不快な顔をするわけにはいかない。眉《まゆ》をしかめてしまわないように注意しながら、俺は慎重に頷《うなず》いた。

「もしよろしければ、お名前を聞かせていただけますか」

「はい！」

にっこりと笑って、少女は大きく頷いた。

「私、南優月《みなみゆつき》といいます！　保健委員です！」

「…………南さん、ですか。よろしくお願いします」

「こちらこそ！」

にこにこと笑いながら南は大きく頷いた。そしてそのままそこに立っている。

「それで、今日はどうなさったんですか？」

「え？」

問うと、南は目を丸くした。まさに豆鉄砲《まめでっぽう》をくらった鳩《はと》という顔だ。

「どう、……なさった、って？　どういう意味ですか？」

「言葉どおりの意味ですが。具合でもお悪いのでしょうか。それともどこかケガを？」

生徒が保健室にやって来るのは体調が悪いとか授業でケガをしたとか、そういう時だ。

南の元気いっぱいの様子からは、具合が悪いようにはあまり見えなかったが、それならいっそう、なんの用でやってきたのかが気になる。

何か——さぐりを入れようとしているのかもしれない。

「別に？　私どこも具合悪くないですし、ケガもしてませんよ？」

ぱちぱちとまばたきをして南はそう言う。

「では、なぜここに？」

「えー？　私言ったじゃありませんか」

俺の質問が気に入らなかったらしい。南はぷうっと頬《ほお》をふくらませた。

「私、保健委員なんです」

「それは伺いましたが」

「だーかーらぁーー」

頬のふくらみが大きくなった。

「私は保健委員なんです！　保健委員ですから、先生のお手伝いをしにきたんですよ！」

「はあ…………」

思わずたじろいでしまうほどの剣幕だった。

しかしじっさいのところ、オーダーメイド医療の浸透している現在、学校の保健医にはあまり仕事はない。オーダーメイド医療は定期的に遺伝子情報を検査し、病気を予兆の段階で治療してしまうシステムだ。基本的に治療を必要として保健室に来るのは外傷、体育で転んだ、調理実習で指を切った、そういったものばかりだ。手伝いが必要になるようなものではない。

（いや……しかし）

南を追い払おうとして、俺はふと思い直した。

俺はまだ学園のことを詳しく知らない。せっかく「手伝う」と言っているのだ——この少女から必要な情報を引き出すか、あるいはその手伝いをさせることはできないか。

俺はただ父親の言うなりに動かされているだけで終わるつもりはない。今回の一件は反乱に最適な第一歩になり得るはずなのだ。

剛三はなぜ、美夏の代理として俺を、偽名を使わせてまでこの学園へ派遣したのか。あの男は俺を己《おのれ》の意のままになる道具だとしか思っていない。つまり、ほかの医師に任せることのできない何かが、俺に与えられた職務には含まれているのだ。それを探り出すことができれば、俺は剛三に対して有利なカードを手に入れることができるはずだ。

任期は二週間。その間に効率よく調査を進めるためには、学園に詳しい情報提供者はいたほうがいいかもしれない。手札は多いに越したことはないのだから。

「わかりました、南さん。どうぞよろしくお願いいたします」

「はーい!」

まるで幼稚園児《ようちえんじ》のように元気よく返事をして、南は頷いた。

「じゃあ先生! まだ学校の中、よくわからないんじゃありませんか? 私案内してあげます! ねっ、いきましょっ!」

それは申し出というよりは強制だった。俺が返事をするのを待たずに白衣の袖《そで》ごと腕をつかみ、戸口へ連れていこうとする。否とは言わせないような勢いだ。

(まあ……いいか)

生徒の目から見た学内の事情も、見学と称して歩き回る中で聞き出せるかもしれない。

「わかりましたよ。そんなに引っ張らないでください」

穏やかな微苦笑《びくしょう》を作り、俺は南とともに保健室を出た。


一般教室——特別教室。体育館、プール、グラウンド。校内を一周する間、南はたあいのないことを切れ目なく喋《しゃべ》り続けていた。はじめのうちは何かの役に立つかもしれないとまじめに受け答えをしていたが、あまりにもたあいなく、脈絡もなく飛躍《ひやく》する話に途中からは聞き取ろうという努力を放棄《ほうき》した。つき合っているとこちらが疲れ果てる。

この年頃《としごろ》の女の子にはこうしたところがあると知らなかったわけではないが、現実にこれほどのものだったとは。認識が甘かった。

「あっ！　先生っっ！」

階段の途中で、またしても南が素《す》っ頓狂《とんきょう》な声をあげた。ため息を隠して、南を見る。

「今度はなんですか？」

「そこ！　気をつけてくださいねっ！」

びしっ、と南はとある一点を指さす。釣《つ》られて、俺もそちらを見た。

「……階段のこの段に、何かまたおそろしいいわくでもあるんですか？」

「えー？　ちがいますよぉ、いやだなあ、先生。そんなに学園のあちこちにおそろしいいわくなんかありませんって！」

そのおそろしいいわくや学園にまつわる七不思議やらを、俺はこの短い時間で数十は聞かされた気がするのだが――それを告《つ》げるとまたひとくさり南は講釈を始めそうだ。黙っていたほうがいいだろう。

「では、僕は何に気をつければいいのですか？」

「そこはですね、前の保健室の先生の事故があった場所なんです！　だから先生も、足をすべらせないように気をつけてくださいねっ！」

南はなぜかひどく得意げにそう言う。南の表情はさておき、俺は興味深く南の指さした段を見やった。

ここで、美夏は足をすべらせ、転落して入院することになった――。

（うん……？）

階段のすみに、何かがある。身をかがめて拾い上げると、それは割れたビーズのかけらだった。

美夏はビーズいじりを趣味にしていて、いつもビーズのミサンガを身につけている。これも、事故の時に美夏のミサンガから落ちたものに違いない。

何かの役に立つかもしれない。俺はそれをハンカチに包んでポケットに入れた。

「何してるんですかぁ～～？　先生、早く！」

「はいはい。今行きますよ」

もう逆らう気力もなく、俺は身を起こして階段をのぼっていった。

「……あれ？」

ようやくのことでスタート地点、保健室が視野に入ってきた時。その保健室からちょうど出てきた人影があった。制服を着ている。

（あれは……）

見覚えのある顔だった。昨夜の少女——朝野真理だ。

昨夜俺に与えられた快楽が忘れられずに、保健室を訪れたのだろうか。だとすると南の存在が邪魔になるが……。

「真理ちゃん……」

素早く計算をめぐらせていた耳に、南の意外そうな呟《つぶや》きが聞こえてきた。

「どうしたの？　保健室に何か用だった？」

明るい声をかけられて、朝野はふいと目をそらした。

「ううん。別に」

「そう？　あっ、ねえ、一緒に保健室でお茶しない？」

「いい」

そっけない返事をして、朝野は俺たちの傍《かたわ》らをすり抜けて去っていく。

「どうしたんだろ……。保健室に何か用事でもあったのかな？　でも、だったら先生が戻ってきたのに黙っていっちゃうっていうのも変だし……あっ、でもばんそうこうとかもらいにきただけだったら先生がいなくてもだいじょうぶか。ねっ、先生？」

「南さんは、今の人とは親しいんですか。真理ちゃん、と呼んでおられましたね」

南のマシンガントークを無視して自分の聞きたいことを問いかける。どうやらそれが一番まともに会話になるのだと俺はこの短い時間のうちに学んでいた。

「あ、はい！　クラスメートなんです！　朝野真理ちゃんっていうんです、彼女。ちょっと無愛想な子ですけれど、いい子なんですよ！」

「そうですか」

頷いてテンションの高い部分は聞き流し、保健室のドアをあける。

そして、その場に立ちつくした。

「どうしたんですか先生？　あ…………！」

肩越しに室内をのぞきこんだ南も鋭く息を呑《の》む。

保健室は何者かによってひどく荒らされていた。書類が散乱し、薬品棚も扉が開けられて、明らかに物色された形跡がある。

「ひどぉ～い。あっ、先生！　警察！　警察呼ばないと！」

短い間呆然《ぼうぜん》としていたものの我に返った南が叫ぶ。俺は南をふり返った。

「たしかに正論ではありますが――それはやめておきましょう」

「え～～？　どうしてですかぁ？」

「犯人のことを考慮してあげませんと。非常に疑わしい人の名前を一人、僕は挙《あ》げることができるのですが――」

「！　……先生！」

俺の言いたいことを察したらしく、南の眉が跳ね上がった。

「まさか、真理ちゃんを疑ってるんですかっ？」

「すると南さんは、彼女が犯人ではないと――そうおっしゃるんですか？」

「あたりまえですっ！」

頬をふくらませて、南は腰に手をあてて胸をそらす。

「真理ちゃんがそんなことするわけありませんっ！」

「しかし、朝野さんはたった今、保健室から出てきた。僕たちはそれを見ましたよね？」

「う……。そ、それはそうですけど。犯人だって証拠はないです！」

「しかし、一番疑わしいのが彼女だということは変わらないですよ。彼女のあとで、ここから出てきた人はいない。つまり、彼女が保健室から出てきた時には保健室はこの状態になっていたということです。彼女がこれをやったのでないなら、僕らにそれを告げるのではありませんか？」

「うー……」

反論の言葉が見つからないらしく、南は唇を尖《とが》らせて小さく地団駄《じだんだ》を踏む。

「で！　も！　絶対、真理ちゃんじゃありませんっっ！　真理ちゃんはそんなことするような子じゃないんですっ！」

「そうやって感情だけでものを言われても、困るのですが――南さん」

「……わかりました！」

むっとしたように俺をねめつけた南は、昂然《こうぜん》と頭をそらした。

「じゃあ、私が、真理ちゃんが犯人じゃないって証明してみせます！」

「もちろん、そうしていただけるのでしたらそれに越したことはありませんが――ですがどうやって？」

「う……。…………これから考えますっ！　でも、絶対！　証明してみせますからっ！」

「では、がんばってください。――ですが今は、片づけを手伝っていただけませんか」

「あ……はーい。わかりましたー。いいですよ」

たった今顔を真っ赤にして怒っていたはずなのだが、南はころりと表情を変えて床に散らばったものを拾い集めようと身をかがめた。

「……ああ、南さん。ちょっと待ってください」

ふと思いあたって、南を制する。きょとんとした表情で南がふり返った。

「のちのち、何かに必要になるかもしれませんから」

鞄《かばん》から小型のビデオカメラを取り出す。このままでは腰をおろす場所もないが、なんの記録も残さずに現場を片づけてしまわないほうがいいだろう。ここには何か手がかりが残されているかもしれない。

本当は今日、朝野を再びここへ呼び出し、その痴態《ちたい》を撮影してやろうと思って持ってきたものだ。だが思わぬところで役に立ちそうだ。

「はい——もういいですよ。お願いします」

ひととおり、室内の様子をカメラにおさめ、カメラを白衣のポケットに入れる。そこにあったものに手が触れた。

美夏と朝野がこの部屋で愛撫《あいぶ》を交わしている写真——。南が飛び込んできて、とっさにポケットに入れたのだが。もしかして犯人は、これをさがしていたのだろうか？

もし、朝野が犯人なら、それは大いにあり得ることだ。

思考をめぐらせながら、南とともに床に散乱した書類を拾い集める。拾い集めたものを机の上に置いて、ふと首を傾《かし》げた。

机の引き出しも、戸棚同様全《すべ》て開けられ、荒らされていた。

一つを除いて。

なぜ、この引き出しだけが難を免《まぬが》れているのだろうか——そう思って何気なく引き出しに手をかける。

そして俺はその理由を理解した。

鍵《かぎ》がかけられているのだ。

仕事の引《ひ》き継《つ》ぎをした時には、引き出しの鍵など受け取らなかった。

「南さん」

「はい？　なんですか？　先生」

「すみませんが、ここの片づけをすませておいてください」

「えぇ～～？　私一人でですかぁ？」

「お願いします。僕はちょっと、用を思い出したので。あとで戻ってきますから」

「……はぁ………」

げっそりした様子で、しかし抗弁はせずに南が頷く。

「わかりましたー。いってらっしゃい」

「よろしくお願いします」

それでも不服を言外に訴える声を無視して、俺は保健室をあとにした。

第1章　疑惑

俺《おれ》の本来の職場、南條病院は南條学園からはさほど遠くない場所に位置する。

病院に着くと、俺はまず自分の執務室へと向かった。調べてみたいことがあったのだ。

端末の電源を入れ、医療ネットワークへのログインパスワードを打ち込む。表示された画面の、検索対象者氏名の欄《らん》に「渡良瀬美夏」と入力した。

それは単純な連想だった。もし、保健室が荒らされた理由が美夏と朝野のレズ関係に関連があるのなら——当事者の一方である美夏の事故そのものにも、何か裏があるのではないのか。

データベースから美夏のカルテを引き出す。先日の事故で南條病院にかつぎこまれた時の診断データだ。

(薬物の服用により激しい嘔吐《おうと》——胃洗浄を行った?)

意外な記述に眉《まゆ》が寄った。美夏は階段から足をすべらせて転落したのではないのか。

胃洗浄が必要なほどの薬物とはいったいなんなのか。さらにデータを表示させる。

(媚薬《びやく》効果……?)

興味深い記述だった。しかもその薬物は処方箋《しょほうせん》によって発行されたものではない。医療ネットワークの確立した現代では、どこの薬局や病院で処方された薬剤もすべてデータベースに登録される。登録がないということは、その薬が医師によって正規に処方されたものではないということだ。

美夏は職場で不法な薬物を摂取《せっしゅ》し、そして教え子と関係を持っていた。

だとしたら。

端末を操作して美夏のカルテをプリントアウトした。情報と証拠は集めておくに越したことはない。これも、何かの役に立つこともあるだろう。

執務室を出て、病棟へ向かう。美夏の入院している病室も、カルテからわかっている。個室が与えられているのは院長と血縁関係があるからだろうか。それともほかに理由があるのか——。

「あら？　仲哉さんではありません？」

聞こえてきた声に、内心で鋭い舌打ちをもらした。もちろん表情には出さずに、ゆっくりとふり返る。

「これは、夏樹《なつき》さん。おつかれさまです」

飾り気はないが質のいい、シンプルなスーツに身を包んだ女にかるく会釈《えしゃく》を送る。夏樹陽子《ようこ》——親父《おやじ》の秘書をつとめている女だ。

俺はいつも取り澄ました、見下したような目で俺を見るこの女が嫌いだった。剛三にまつわるものはすべて嫌悪《けんお》の対象だが、とりわけこの女は嫌いだ。剛三の秘書であるという立場をかさにきて高圧的な物言いをする鼻持ちならない女。どうせあの男の肉棒をしゃぶって手に入れた地位にすぎないだろうに。

「こんなところで何をなさっていらっしゃるんですの？　南條伸哉先生」

胸をそらして、夏樹はわざと下目使いに俺を見る。ことさらにフルネームを呼ぶのはこの女一流のいやみだ。俺が南條剛三の息子であること、剛三の息子であるからこそ表面的にせよ敬意をもって遇されていることを忘れるなと言いたいのだ。

「たしか先生は学園でのお仕事に移られたのではありませんでしたこと？」

「ええ、そのとおりです。昨日から着任して仕事をしていますよ」

不快感を表情に出さないように細心の注意を払い、頷《うなず》く。

「すこし調べたいことがあったので寄っただけですが——僕は転任と同時に病院に立ち入り禁止の処分を受けているのでしょうか？」

ぴくりと、夏樹の眉が寄った。

「べつに？　そんなことは申し上げておりませんわ」

不当な言いがかりをつけておいて、それを指摘されるとあからさまに不機嫌《ふきげん》になる。対外的には有能な秘書と言われているが、そう言う連中はいったいどこを見ているのやら。

「それはよかった。別に職務を放棄《ほうき》しているわけではありませんので、どうぞご心配はなさいませんよう。では」

丁寧《ていねい》に会釈をして、夏樹をそこに残して立ち去る。ふり返って、言い負かされた屈辱《くつじょく》に歪《ゆが》んでいるだろう表情を鑑賞《かんしょう》してやりたかったが、それは我慢した。余計なことで時間を無駄《むだ》にするつもりはない。俺にはまだやるべきことがある。

階段をあがり、記憶しておいた病室をさがした。

「はい……」

ノックの音に気弱げな返事が聞こえてくる。ドアをあけて、病室へ足を踏み入れた。

「お邪魔しますよ」

「あ——……」

ベッドの上に身を起こしていた美夏は俺の姿にちいさな声をもらした。ほっそりとした体がかたく緊張したのがわかる。眼鏡《めがね》の奥から、おどおどした瞳《ひとみ》が俺を窺《うかが》うように見た。

「仲哉……くん………」

呟《つぶや》いて、俺と視線を合わせていることに気後れしたように目をそらす。——まったく、うじうじした、いらつく女だ。

だが、美夏も昔からこうだったわけではない。むしろ以前は明るく活発な少女だった。

あの夏の日——俺の逸物《いちもつ》によって処女を奪われた日から美夏は変わったのだ。

そう——この女の現在を作ったのは、俺だ。そう思えばこのおどおどした態度も心地のよいものに感じられる。

「お加減はいかがですか」

ドアを閉め、ベッドへ歩み寄る。美夏はいっそう身をこわばらせてうつむいた。膝《ひざ》に置いた手の中で何かをいじっている。

「なんですか？　それは」

「ビーズ……階段から落ちた時に、ミサンガが壊れたから……なおそうと思って」

細い声で、美夏は囁《ささや》くように言う。俺は鼻先でそれを嗤《わら》った。

まだ——そんなものをいじるのをやめていないのか。くだらない趣味だ。美夏のような女の作ったものにお守りや願い事をかなえる効力などありはしないというのに。

「そんなものよりも、これを見ていただけませんか。お聞きしたいことがあります」

ポケットからビデオカメラを取り出し、先ほど撮影した保健室の画像を静止画像にしてさし出す。のぞきこんだ美夏は大きく瞳を見開いて息を吞《の》む。

「こん、な……どうして」

「僕にはわかりません。どうですか——何か盗《ぬす》まれたものなどはありますか？　何せ僕はまだあそこにあるものを把握《はあく》できていないので」

美夏の目が忙しく画面のあちこちに注がれる。とある一点を見つめ、そしてちいさく息をついて目をそらした。

「ない……と思うわ」

「ほう？　ないのですか」

「ええ」

カメラの画面を見せるために俺が近づいたからだろう。美夏は全身をこわばらせているばかりか、青ざめてさえいるように見えた。――それほど、俺が恐ろしいか。

実に気分がいい。そして緊張のせいなのか美夏がミスを犯したことも。

「こんな小さな画像を見ただけで盗まれたものの有無がわかるとは――さすがです」

びく、と美夏の体が震えた。しまった、という顔をしたのを見逃す俺ではない。

やはり――そうなのだ。

「あなたは、盗まれては困るものを保健室に隠していた。それが盗まれていないことを確認してほっとした。だから盗まれたものはないと、つい言ってしまったんですね」

もう少し頭を働かせて、わからない、と言っておけばいいものを。もっとも、そこまで思考することができないほど俺の存在が美夏にプレッシャーを与えていたということでもあるのだから、それはそれで歓迎すべきことだ。

この画像を見ただけではっきりとわかること――それは、あの鍵《かぎ》のかかった引き出しが開けられていないということだ。

「この引き出し――あなたはここに鍵がかかっていることを知っていた。そしてそれが開けられていないことに安心した。そうでしょう？」

たたみかけると美夏は目をそらして色のあせた唇を噛《か》む。体が細かく震えていた。

「何が入っているんですか？　この引き出しには」

「べ、別に……何も。大事なものなんか何も入っていないわ」

「ほう？　そうですか。相変わらずあなたは嘘《うそ》つきだ」

嘲《あざけ》ってやると、かっと美夏の頬《ほお》に朱《しゅ》がのぼった。

「嘘なんかついていないわ！」

「では、これを見ていただけますか」

いきりたつ美夏をかわして、ポケットから写真を取り出す。先刻手に入れた——美夏と朝野の関係をはっきりと示している写真だ。

俺の手元へ目をやった美夏は、卒倒するのではないかと思うほど蒼白《そうはく》になった。

「この病院に運び込まれて来た時、あなたは薬物を服用していましたね？　催淫《さいいん》効果のある薬物を」

「…………！　わ、……私《わたし》は、そんな…………」

美夏は目をそらしてかぶりを振る。しかし証拠をつきつけるまでもなく、細かく震える体が美夏の虚言を証明していた。

「あなたのカルテに、その記述がありましたよ。あなたがここに運び込まれてきた時、あなたの吐瀉物《としゃぶつ》から検出された薬品です。……ごらんになりますか？」

プリントアウトしてきたカルテをちらりと見せる。同じ医者である俺を相手に言い逃れは効《き》かないとわかっているのか、美夏はただうつむいていた。

「あなたはこの写真にあるとおり、朝野さんといやらしい関係を結んでいた。朝野さんにも、媚薬を使っていたのではないのですか？　年若い少女には、さぞや強烈な体験だったことでしょう。彼女が薬の快楽を忘れられなくなり、どんな手段を使ってでも薬を手に入れようと思ったとしても」

「朝野さんが……薬ほしさに保健室を荒らしたって言うの！」

俺の言葉を美夏は途中で遮った。

「そんなこと——そんなこと彼女がするわけがないわ！」

「薬の存在は認めるわけですね」

「あ…………！」

冷ややかに言ってやると美夏は自分の失言に気づいた。しかしもう遅い。

「保健室から盗まれたものはないと言ったのはあなたです。ということは引き出しにはその薬が入っているというわけだ」

「ち……ちがうわ。そんなもの、入ってない……」

「嘘をつくな！」

「……っ！」

怒鳴りつけ、肩をつかんでベッドに押し倒すと美夏は喉《のど》の奥でひきつれた悲鳴をもらした。驚きになのか恐怖なのか、されるままに仰向《あおむ》けになったパジャマの襟《えり》をつかんで前を無造作に左右に引きちぎる。

「い、……いやっ！　仲哉くん、やめて……っ！」

「誰《だれ》が俺をそんな名前で呼んでいいと言った！」

パジャマの中からはじけるようにこぼれ出てきた大ぶりの果実をわしづかみにする。力をこめて握ると美夏は悲鳴を喉の奥に詰まらせる。

「忘れたのか？　自分の立場を。――なら思い出させてやるよ」

「ひッ――……い、いやっ……やめて、おねが……ぁあっ！」

たっぷりとした乳房を揉《も》みしだくと美夏は泣き声まじりの悲鳴をあげる。身をよじって俺の手からのがれようとするが、弱々しい抵抗など俺にとってはないも同然だ。かえって俺に後ろから羽交い締めされるような体勢になった。

「お、お願い仲哉くん……許して……んうっ！」

指先に美夏の乳首をとらえて、きゅっとひねりあげる。びくん、と美夏の体が震えた。

「久しぶりですね、美夏さんにこうして触れるのは」

両手の指で左右の乳首をこりこりと刺激してやりながら、耳元に唇を寄せる。

「覚えていますか？　あの日のことを。楽しかったですよねえ」

「い、いや……やめて、お願い……ぁ……あっ！」

美夏は顔を歪めていやいやをしていたが、感じてきたのか鼻にかかった声をもらした。

俺の指の間で、美夏の乳首はすっかり硬くなり、ふくれあがっている。

「こうされるのが好きなんですか？　こんなに硬くして」

「ち、ちが……そんな、こと……」

「でも、相当感じているじゃありませんか。ほら」

「ふあぁっ！」

乳首の先端を強くつねると、美夏は大きく頭をそらして悲鳴をあげた。がくがくと体が揺れる。どうやらかるくイッてしまったらしく、ぐったりと脱力して荒い息をつく。

「あの時は痛がることしかできなかったというのに、ずいぶんと敏感になったものですね。もう、下着もぐしょぐしょにしているのではないのですか？」

嘲ってやると美夏は喘《あえ》ぎながら弱々しく頭を振る。

「わ、私……、私、そんな………」

「信用できませんね。あなたは嘘つきだ」

「あッ……！　や、やめてっ！　だめぇっ！」

悲鳴を無視して、俺は美夏の体をベッドに突き倒し、パジャマのズボンに手をかけた。下着ごと一気に引き下ろすと、あらわになった太腿《ふともも》のつけ根が照明を受けて淫靡《いんび》な濡《ぬ》れた光を放っていた。黒いショーツの股《また》の部分にもべっとりとしみがついている。

「ほら――やっぱり。あなたの言うことはほんとうに信用ができませんね」

「あ……だ、だめ………」

美夏の脚《あし》をつかみ、大きく開かせて淫液でねとねとになった場所を空気にさらしてやる。美夏は弱々しく頭を振り、すすり泣きをもらして腰をくねらせる。どうやら秘所を隠そうとしているらしい。

「僕を誘っているんですか？　濡れた襞《ひだ》がよじれて、たいそう扇情的《せんじょうてき》な光景ですが」

「……！」

「そんなに、抱いてほしいんですね」

「！　い、いや……！　お願い、それはやめて……いやぁ……っ！」

もちろん、俺は美夏を犯すつもりだった。美夏の意志など関係ない。いや——必死に泣き喚《わめ》き、やめてくれと懇願されるほどに俺の欲望は募る。

俺にとって女がいやがり、嫌悪と恐怖に表情をひきつらせて抵抗するのをねじ伏せ、組み敷いて犯すのは、無上の快楽なのだ。そうすることで、俺は自分の支配力が確実に女に及んでいることを確かめることができる。

怯《おび》え、震え、いやがり逃げようとする美夏の惨《みじ》めな姿に、俺の分身はすでに頭をもたげ、硬く張りつめていた。服の前を開いて露出させ、先端でぬかるみをさぐる。

「ひ……ッ……い、いやぁ………」

「ほしいんでしょう？　ほんとうは。さあ——もっといい気持ちにさせてあげますよ」

「だ、だめぇっ！　仲哉くん、お願い、やめて……ぁっ、ああーーっっ！」

狙《ねら》いを定めて体重をかけると、ほとんどなんの抵抗もなく、俺のモノは美夏の胎内《たいない》へと埋没していった。

「うぐ……っ！」

美夏が苦しそうに呻《うめ》く。しとどにあふれる粘液がすべりをよくしてはいたが、美夏の膣《ちつ》内《ない》はごつごつとかたく、ひどく緊張している。セカンド・バージンというところか。

「ほう？　中は……だいぶきついですね。ずいぶん使いこんで感度がよくなったのかと思っていたんですが、そうでもないようだ。自分で毎晩慰めていたんですか？」

「ひっく……ぐすっ…………お願い、もう……やめて……」

美夏は本格的に泣き出していた。しかし美夏がしゃくりあげると美夏の膣もそれに合わせてぴくぴくと痙攣《けいれん》する。不規則な締めつけが心地よい刺激となって、俺はくつくつと喉を鳴らして笑った。

「やめませんよ。そんなことをあなたに命令される筋合いは、ありませんからね」

「ひぁっ！　だ、だめっ！　う、動かない、でぇ……ぁ、あぐぅっ！」

抽挿《ちゅうそう》をはじめると美夏はまた苦しそうな悲鳴をもらし、すがるようにシーツを握りしめた。どうやら、相当苦しいらしい。

——その苦悶《くもん》の表情が、たまらなく俺を興奮させた。すでに十分に怒張していたものが

さらにふくれあがる。するとまた美夏が苦しそうに濁った声をもらして、俺にぞくぞくする興奮を与える。

そして美夏自身も、感じているのは決して苦痛だけではないようだった。はじめのうちこそこわばっていた膣壁は次第に柔らかくほぐれ、ひくついて俺のものを締めつける。そして愛液も枯《か》れるどころかいっそうたっぷりとあふれて、肉棒が出入りするとぐちゅぐちゅと卑猥《ひわい》な音をたてて泡《あわ》だっている。

「じつにいい締めつけですね。ほら、もっと腰を使ってください」

「ひぐっ……いやぁ………あ、くぅっ……。……あぁっ？」

言葉で美夏をなぶり、力強く律動をくり返しながら、俺は美夏の秘部へ手をのばす。太腿にまで垂《た》れるほどあふれている粘性の強い愛液をかき分け、敏感な肉芽をつついてやった。美夏が絶望的な悲鳴をあげる。

「し、伸哉くん、やめて……そんなところ、さわらな……はあぁっ！　あっ、ひぃっ！」

包皮をめくって花芯《かしん》を露出させ、じかに刺激してやる。美夏の秘肉が強く収縮し、俺のものを食《く》いちぎりそうに絞り上げる。

「くっ……ああ、いいですよ、美夏さん……もっと締めてください……」

「あっあっ、だめ、だめっ、わ、……私、私ぃ………はぁぁっ！」

激しく痙攣して収縮する蜜壺《みつつぼ》を押し広げるように腰をグラインドさせる。美夏は立て続けに切羽詰まった淫声を迸らせる。ひくつく肉襞が美夏の絶頂が近いことを知らせた。

俺自身も頂点が近づいてきていた。女に不自由していたわけではないが、こうして怯える女を力ずくでねじ伏せ征服するのは久しぶりだ。その昂揚《こうよう》が感覚を鋭敏にしている。

「はぁんっ！　だ、だめ、私……だめ、いっ、ちゃう……ぁあああっっ！」

「う……くっ！」

「あぁっ？」

長い悲鳴とともに美夏が気をやったのに合わせて、俺も欲望を美夏の胎内に勢いよくぶちまける。はっと美夏が表情をこわばらせた。

「だ、だめっ！　な、膣内《なか》はやめてぇ……っ！」

「ふ……すこし遅かったですね」

「う、そ…………」

「もう出してしまいましたよ。たっぷりと、あなたの膣内にね」

「そん、な……」

呆然《ぼうぜん》と呟き、美夏は魂が抜けてしまったかのようにぐったりとベッドに倒れ込んだ。

すがすがしい気分だ。階段をあがる足取りも幾分か軽くなる。

白衣のポケットには美夏にさし出させた、引き出しの鍵が入っている。そこには美夏にとって他人に見られては都合の悪いもの——つまりは朝野にとっても都合の悪いものが入っている。

「うん……？」

階段の前を通り抜けていった人影に、見覚えがあった。制服の上にクリーム色のカーディガン。無機質な横顔。——朝野だ。

「朝野さん」

声をかけると朝野は足をとめ、ちらりとふり返った。

「なに」

「おや、そっけないですね。昨日はあれほど乱れた姿を見せてくれたというのに」

「用があるなら早く言って。わたしもひまじゃない」

淡々《たんたん》とした声。俺を見る無表情な視線に無性にむかつくものがこみあげてくる。

こういう女が、何よりも虫酸がはしる。

「今度媚薬がほしくなった時は僕におっしゃってください。保健室を荒らしたりせずに」

朝野を見据《みす》えて、俺はそう言ってやった。

しかし朝野の無表情な顔はまるで変化を見せなかった。冷めた瞳が俺を見やる。

「得意満面の顔ね。ばかみたい」

「な——……！」

かっと、頭が熱くなった。だがここで冷静さを失っては朝野の思うつぼだ。

「何が、ばかみたいなのでしょうか？」

「先生」

抑揚も、余分な装飾もない声がそう言う。

「わたしの弱みを握ったと思って有頂天になってる。それがばかみたい」

目尻《めじり》がひきつれるのを感じた。

「ずいぶんと――ずけずけとおっしゃるんですね」

「ほんとうのことだもの」

朝野の声はただ平板に、しかし鋭く俺につきつけられてくる。

「わたしが保健室を荒らした証拠なんかない。弱みになんかならない」

「僕はあなたと渡良瀬先生の関係を知っていますよ」

「それがどうかした」

あくまで無表情に、朝野は切り返してきた。

「別にわたしは誰に知られてもかまわない。それもわたしの弱みにはならない」

「…………」

奥歯をぎりっと噛んで、俺は朝野を睨《にら》みつけた。

「誰でもあなたの浅い考えで翻弄《ほんろう》できるなんて考えないほうがいいわ――南條伸哉先生」

「――！」

思いもよらなかった名で呼ばれて、電流に打たれたような気分がした。

なぜ朝野が――俺の本当の名を。

「先生って、飼《か》い主《ぬし》に逆らえない飼い犬。もう少し自分の頭で考えたらどう」

表情の乏しい顔から、抑揚を欠いた言葉が無造作に吐き出されてくる。

「何も知らないくせに、何でも知ってるふりはやめたほうがいい。わたしのほかにも怪《あや》しい人はいるかもしれない。すこしは自分で考えてみるといい」

くるりと俺に背を向け、数歩いって、そして朝野はまたふり返った。

「これは忠告」

その言葉を最後に、朝野は立ち去っていった。

全身が屈辱に震えた。

俺を――犬呼ばわりするとは。

朝野の言うとおり、朝野が犯人だと断定できる証拠はない。

だが、犯人は間違いなく朝野だ。俺の追及に、まるですべて用意してあったかのような答えを返してきたのが何よりの証拠だ。

「…………いいでしょう」

低く、俺は呟いた。

「どうあってもあなたを追いつめ、僕の前にひざまずかせてあげます」


翌日の放課後。俺は南とともに下級生の教室へ向かっていた。

ちなみに南が同行しているのは俺の希望したことではない。保健室を出たところで南が駆け寄ってきてあれこれとうるさかったので仕方なしに同行させているだけだ。

机《つくえ》の引き出しに入っていたのは、俺の予想していた薬物ではなく、何枚かのファイルだった。見たところなんの変哲もない、学園生のデータを記したものだ。記されているデータも通り一遍《いっぺん》のもので、とくに不審に思うような内容ではない。目についたことといえばせいぜい、その中に朝野のファイルも入っていたという程度だ。それにしたところでとくに不審な記述はないし、ファイルの学園生たちに共通項も見あたらない。

——だからこそ、不審だった。わざわざ机の引き出しに入れて厳重に鍵をかけ、盗まれていないことを確認してほっとするようなものには思えない。

なぜそれらがわざわざ引き出しに隠されていたのか。それをさぐるために、俺はファイルの少女たちを一人ずつ調べることにした。このうちの誰かが朝野の言っていた、朝野以外の怪しい人物なのかもしれない。

しかし——引き出しに入っていたのが媚薬でないとすると、朝野の目的は媚薬ではなかったということになる。そちらも、探り出さなくてはならないだろう。

「あっ、先生！　あそこですよ！　ほら！」

ここへ来るまでの間もずっとテンションの高いトークを途切れなく続けていた南が大発見をした、という声で前方を指さした。

「ところで先生、下級生の教室にどんなご用なんですか？」

南が何を期待しているのかきらきらした目で俺を見る。

「もしかしてっ！　じつはロリコンだとか？　ひと目見て忘れられなくなっちゃった子がいるとか！　どうですかっ！　図星？　そうでしょっ！」

「南さん——」

げんなりとして興味津々《きょうみしんしん》の様子の南を押しのけた。年頃《としごろ》の女の子はみなそうなのか、どうも南は恋愛がらみのゴシップが大好きな様子だ。俺が右を見ていれば「好みのタイプの子でもいたんですか？」、左を見ていれば「あーっ！　どの子ですか？　どの子を見つめてるんですか？　こんなにかわいい女の子がすぐそばにいるのにっ！」と騒ぐ。グラウンドに出れば体操着フェチにされ、プールへ行けばスクール水着マニアにされてしまう。

悪気があるわけではなさそうだし、年頃の少女だから興味の対象がもっぱらそちらなのは仕方のないことかもしれないが、——俺でその妄想をふくらませないでほしいものだ。

もっとも、男性アイドルやタレントの話を延々とされても、それはそれでうんざりするだろうとは思うが。

「僕はただ、この学園の保健医として必要と思われる行動をとっているだけです」

「もうー、やだなあ、先生！　冗談ですよ、冗談っ！」

「はいはい」

南にまともにとりあっているとすべてが何の進展も見せないまま、陽《ひ》が暮れる。それは昨日学習したことだ。かるく流して、教室をのぞきこんだ。

最初の調査対象に選んだのは荻原恵《おぎわらけい》という娘だった。幼少時の事故により片足に障害があるらしい。新任の保健医が話を聞きたいと声をかけるには十分な理由だ。

「荻原恵さんは——いらっしゃいますか」

「え？　……はい」

授業が終わり、学園生たちのほとんどはすでにそれぞれの部活や家へと教室を去っていってしまっているようだった。がらんとした教室の一画にぽつんと座っていた少女が顔をあげて返事をする。

「きみが——荻原さんですか」

「ええと、はい……そうですけど」

すこし舌足らずな幼い声が頷く。いや——声だけではなく、荻原恵は全体的に幼い印象の漂う娘だった。体格は小柄で華奢《きゃしゃ》、そして顔も童顔だ。机にはファイルに記述のあったとおり、松葉杖《まつばづえ》が立てかけてあった。

「突然おじゃまして申し訳ありません」

娘を警戒させないように人あたりのよさそうな笑みをつくる。

「大城と申します。渡良瀬先生の代理として保健室を預かることになりました」

「ああ——新しい保健の先生なんですね！」

名乗ると娘は納得したらしく、屈託のない笑顔を浮かべた。かるく、指先で頬をひっかくようにする。

「荻原恵です。よろしくお願いします！」

「はい」

「こちらこそよろしくお願いします。——失礼ですが荻原さんは足がお悪いとか」

にっこりと頷いて恵は傍《かたわ》らの松葉杖をかるく撫《な》でた。だがその表情には屈託はない。

「それは……生まれつきの？」

「いえ。事故で」

かぶりを振る恵の笑顔には自然な明るさがあった。

「でも、そんなに不自由してはいないんですよ。かけっことかはできないですけれど、たいていのことは自分でできますし。柚《ゆう》ちゃんもいてくれますから」

「柚ちゃん？」

「双子《ふたご》の姉なんです。ちょっと心配性なところがあるんですけれど、いつも恵のこと気にかけてくれるんですよ」

明るい笑顔だった。傍らの松葉杖がなければ、障害者だとは思えない。

「では、何か不自由していることや、僕がお役に立てるようなことは」

「気にしてくださってありがとうございます。でも、とくには。大丈夫ですから。恵ね、特別にされるの、好きじゃないんです。ふつうに扱ってください。前の先生にもそうしてもらってましたし」

「恵ーー」

にっこりと恵がかぶりを振った時、がらっと教室の扉が開いて、恵のそれによく似た声が恵を呼んだ。顔をあげた恵がぱっと破顔する。

「柚ちゃん」

「ごめんねー、待たせて。見つかったよー」

「ほんと？　よかったー」

「うん。じゃあ、行こうか？　…………あれ？」

あとからやってきた少女はようやく俺と南に気づいてこちらを見た。

まったく同じ顔が二つ並んで、こちらを見る。

「恵？　この人誰？」

「新しい保健の先生だって。ええと、大城先生？　ですよね？」

「ええ――大城です。きみが、柚さんですか」

「え……ええ」

　頷いた柚の表情はすこしこわばっているように見えた。妹と違って人見知りをするたちなのかもしれない。

「恵？　ほら、早く行こう？　間に合わなくなっちゃうよ」

「あ――うん。そうだね。じゃあ先生、わざわざありがとうございました」

　姉とは対照的に物怖《ものお》じするふうもなくにっこりと笑うと恵は、松葉杖を引き寄せ、慣れた様子で体重を預けて立ち上がった。

「何かありましたら、いつでもいらしてくださいね」

「はい！　じゃあ、失礼しまーす」

　頷き、もう一度にこっと笑うと一卵性双生児は教室を出ていった。

「あ――恵ちゃん、今帰り？」

「あ――うん」

「やだぁ、柚ちゃん、また間違えてる。恵はあたしでしょ？　変なクセよねぇ」

　そんな会話とくすくす笑う声が廊下《ろうか》から聞こえてきた。

（ふむ……）

とくに、不審な様子はなかったようだが——最初の顔合わせから成果が得られるものでもないだろう。

「戻りましょうか、南さん」

「あ、はい……」

声をかけると南は頷いた。珍しくおとなしい返事に首を傾《かし》げてそちらを見ると、南はなにやら百面相をして首をひねっている。

「南さん？」

「あっ！　はい！　なんですか？　先生」

「どうかしたのですか？」

「いえ——別に。ちょっと考え事をしてただけです。……あー、先生もしかして？」

きらん、と南の目が輝いた。満面に好奇心を漂わせて俺の顔をのぞきこんでくる。

「私のことが気になっちゃってるんですか？」

「あり得ません。行きますよ。いつまでも用のない教室に居座っていては不審に思われてしまいますからね」

「そんなに力いっぱい否定しなくてもー。あ、先生待ってくださいーー！」

南に合わせてやろうと思った俺が間違っていた。ばたばたと追ってくる南にはかまわずにさっさと教室を出る。

保健室に戻る途中、耳に心地よく響く音楽が聞こえてきて、足がとまった。

この音色は——フルートのそれだろうか。

「南さん、音楽室が近くにありましたっけ？」

「え？　ああ、はい！　この階段をのぼったところがそうです！」

南の返事に頷いた。では、この音楽はそこからだろう。

なんの気まぐれだったのか、自分でもよくはわからない。俺は音楽室をのぞいてみようと階段に足をかけた。

フルートの音色はまだ聞こえてきている。静かに音楽室のドアをあけると、ふつりと音が切れた。フルートを手にした少女が驚いたように立ちつくしている。

「ああ——すみません。おじゃまをしてしまいましたか」

少女に会釈をして、内心の驚きを押し隠す。

手入れのよく行き届いた、長い髪。しかしその髪は色のうすいブロンドだ。そしてそれは引き出しから出てきたファイルのうち一枚に貼《は》られていた写真と同じ顔でもあった。

下澤沙耶香《しもざわさやか》という名だ。偶然とはいえ、こんなところで接点ができるとは幸運だな。

「あまりに美しい音色でしたので、つい——どうぞ続けてください」

「あ……あの、はい。ありがとうございます」

微笑《ほほえ》みかけてやると下澤は頬をほんのりと赤らめてうつむく。ひどく気弱そうな、か細い声だった。再び楽器を構えようとしないところを見ると、礼を言ったのは続けていいと言ったことに対してではなく、賞賛したことへのようだ。

「あの……もしかして、新しい保健の先生でいらっしゃいますか……」

「ええ、大城と申します。どうぞよろしくお願いします」

「こちらこそ……。あ、あの……私、下澤と申します。下澤沙耶香です……」

「沙耶香さんですか。きれいなお名前ですね。――それに、美しい髪をしておられる」

「え――……」

歯の浮くような見え透いたお世辞《せじ》だったが、ぱあっと下澤の顔が赤らんだ。

「あ、あの……私、この髪は、その……染めたりとか、しているわけではないんです。昔は、……もっと、黒かったんですけれど…………いつの間にか」

「そうなんですか。ですが僕は別にあなたの髪を咎《とが》めたわけではありませんよ。気になさらないでください。正直に感じたことを口にしただけですから」

「あ……あの…………ありがとう、ございます……」

いっそう下澤は赤くなる。どうやら他人に賞賛されることに慣れていないようだ。

「下澤さんは音楽部なのですか？　授業ではフルートは習わないのではと思いますが」

話題を変えると、下澤はこくりと頷く。

「はい、そうです……。……といっても、部員は……私一人だけなんですけれど……。みんな、やめてしまって……。……あの、大城先生」

「はい？」

おずおずと呼ばれて首を傾げる。視線が合うとまた下澤は顔を赤くしてうつむいた。気弱そうな娘だが、赤面症でもあるのかもしれない。

「そ、その……。渡良瀬、先生の……お加減は、いかがでしょうか」

「渡良瀬先生ですか？」

意外な問いに思わず聞き返した。こんなところで美夏の名前が出るとは。

「もうだいぶよくなっているとお聞きしていますが、……きみは渡良瀬先生と親しかったのですか」

「あ、あの………親しい、というほどでは……」

また顔を赤らめて、下澤はもじもじと居心地悪げに視線をあちこちへさまよわせる。

「時々、ご相談に乗っていただいていた、だけです……」

「そうだったのですか」

相談――か。つまり下澤には何か悩みないしは弱みがあるということだ。

……南もいることだし、この場で追及するのはやめておいたほうがいいだろう。いずれ探り出して利用価値があれば利用するとしよう。

「お会いすることがあったら下澤さんが心配なさっていたとお伝えしておきますよ。……

どうやら僕らがいると練習のお邪魔のようですから、退散しますね。また今度、聞かせていただきに来てもいいですか」

「あ、あの…………はい！」

下澤はまた頬を赤くし、しかしはにかんだように笑って頷いた。南を促して、俺は音楽室を出る。

「下澤先輩、先生のこと見て真っ赤になってましたね～。あー！　もしかして一目惚《ひとめぼ》れだったり～～」

「あがり症の人なのかもしれませんよ」

「もうー。先生ってば夢がないですよぉー」

ぼやく南を無視して階段をおり、保健室へ戻る。

「先生、お茶いれましょうか」

「ああ……そうですね。お願いします。場所は」

「だいじょうぶです、わかりますから！」

俺をにっこりと遮って、南はたしかに勝手知ったる、という手つきでお茶の支度をはじめた。そういえば昨日も朝野に「お茶しよう」などと言っていた。保健委員ということもあって、保健室に入り浸っていたのかもしれない。ちゃっかりした娘だから、あり得ることだ。

「……あっ！」

ふいに南が大声をあげ、俺は首を傾げて南を見やる。湯を使ってやけどでもしたか。

「どうなさいました」

「思い出しました！」

「……は？」

「ほら、さっき会った、双子の女の子、いたでしょう？　私どうも彼女たちのこと知ってるような気がしてたんですよー！　思い出しました！　昔ご近所に住んでた柚ちゃんと恵ちゃんです！」

「は…………はあ……」

いちいち南の言動は大げさだ。しかし、双子——恵に関する情報が手に入るなら、ここは南のペースに乗ってやるべきだろう。

「昔、とおっしゃいますと——お二人は引っ越しをなさったんですか」

「ええ。小学校に入る前かな？　だから私すぐには思い出せなかったんですよ！　何回か、柚ちゃんのほうが真理ちゃんとしゃべってるのはちらっと見たことあったんですけど」

「朝野さんと……柚さんが？　どんな話を？」

「え……よくは聞こえなかったですけれど、たしか病院がどうとか？」

病院——。

南條病院のことだろうか。

柚もまた、何かを握っているのか？　あるいは柚が朝野の共犯ということも――？

美夏のファイルにあったのは恵だったが、秘密を握っているのは柚なのだろうか。

「荻原さんたちも、南さんのことは覚えていらっしゃらなかったようですね」

「だって二人ともすごくちっちゃかったし。女の子って変わりますから。あっ、たぶん写真あると思いますから、明日持ってきてあげますねっ！」

「ええ――そうですね。お願いします」

「ああ～～！　先生ってば、やっぱりロリコンの人っ？」

「そういう思考から離れてください。それで？　小さい頃のお二人はどんな子供だったんですか？　やはり一卵性双生児ですから、見分けるのも大変だったのでは」

「ああ、そうですね。みんなよく間違えてました。でも、私はちゃんと見分ける方法知ってたんですよー」

「ほう……？　それは、どんな？」

「えへへへーー」

にんまりと南は笑った。ぴっ、と顔の前に人差し指を立てる。

「あ・し・た！　教えてあげまーす」

「…………」

思わず舌打ちをもらしそうになったが、こらえた。

「ではその時にお聞きしましょう。今日はもう用はありませんし、僕も外出しますので。あなたももうお帰りなさい」

「ええ〜〜〜」

南は不服そうだったが、こういう時「先生」の権威は強い。

南を保健室から追い出し、俺は立ち上がった。

先刻、恵は特別扱いはされたくない、前の保健医にもそう頼んでいた、と言っていた。

美夏と恵の接点はあまりない、ということになる。

下澤沙耶香はどうやら美夏に何か相談を持ちかけていたようだし、朝野は美夏とレズ関係にあった。となればほかのファイルの娘たちも、美夏と何か関係があるはずだ。

子供のころの恵に関しては明日南から聞き出すとして、現在の恵に関する情報をさらに集めるとすれば——手近なところでは病歴のカルテだろう。

俺は立ち上がり、保健室をあとにした。

第2章　秘密

俺《おれ》は机《つくえ》の上に並べた二枚の書類を見比べていた。

一方は美夏のカルテ、そしてもう一方は恵のカルテだ。

恵のカルテからは、さして得るものはなかった。かなり古いものらしい歯の治療痕跡《こんせき》があり、「事故により緊急手術」を受けたものの左足が不随《ふずい》になった。頭部打撲《だぼく》もあり、当時いくらか記憶の混乱もあったらしい。

しかし、一か所だけ、非常に俺の興味をひいた部分はあった。

現在の恵の遺伝子データだ。

そこに示されていたデータに、見覚えがあったのだ。そう——事故当時の美夏の体から出た、媚薬《びやく》のデータにそれは似ていた。

端末の画面でも確認し、そしてプリントアウトしたカルテをこうして並べてみても、やはりデータは、同一ではなかったものの酷似している。

恵も——媚薬を使用しているということなのだろうか。

しかしそれはどうもしっくりと来なかった。

「先生〜〜〜〜！」

思考を、脳天気な声がやぶった。声の主は、もちろん南だ。まったくこの娘は——どこまで俺をかき回せば気がすむのか。

「なんのご用ですか、南さん」

「ああーっ！　ひどーい、そういう言い方！」

げんなりした顔でふり返ると、南はむっとした様子で頰《ほお》をふくらませた。

「せっかく柚ちゃんと恵ちゃんの写真、持ってきてあげたのにー！　二人の見分け方も教えてあげますよ、って言ったじゃないですか昨日！」

「ああ……そうでしたね」

仕方なく、俺は椅子《いす》を回転させて南に向き直った。適当に相手をしてさっさと追い払ってしまおう。それが一番早く静穏を取り戻す方法だ。

「では拝見させていただけますか」

「はい！　これです！」

手をさし出すと南は得意げに一枚の写真を俺に手渡してきた。

そこには三人の少女が写っていた。真ん中の少女は南だ。このころからほとんど顔が変わっていないからわかりやすい。そして左右には、これもたしかにあの双子《ふたご》だ

とわかる、同じ服、同じ髪型で同じ顔をした少女が二人。

「では先生！　問題です！　どっちが柚ちゃんでどっちが恵ちゃんでしょう～～！」

にこにこと南が笑う。俺は深く息をついた。――クイズにまでつき合うつもりはない。

「わかりません。教えてください」

「えぇ～～？　ぜんぜん考えてないじゃないですかぁ！　ずるいですっ！」

「南さん。僕もヒマでヒマでしょうがないわけではないんですよ」

「う～～～」

たしなめると南は不満げに頬をふくらませた。

「しょうがないなあ。あのね、こっちが恵ちゃんで、こっちが柚ちゃん。見分けるポイントは、ここです！」

南は写真の一か所を指で示した。恵だと言ったほうの少女の膝《ひざ》のあたりだ。そこにはばんそうこうが一枚、貼《は》ってあった。

「あのね、この写真にはうつってないんですけど、柚ちゃんにはほっぺたをいじるくせがあるんです。ちょうどそのころ歯医者さんにいってて、虫歯が気になったみたいで、それがくせになっちゃったの。でね、恵ちゃんはよく転んでたんです。クラスの男の子に背中押されたりとかして」

「ん……？　恵さんは、つまり男の子にいじめられていた、ということですか？」

「うーん、どうでしょうね？　たんにちょっと恵ちゃんがとろかったからじゃないですか？　いっつも転んですり傷とか作ってたんですよねー」

南はかるく俺の問いを流してしまったが、俺は恵がいじめられていたという確信を持った。この数日のつき合いでさえはっきりとわかるほど、南は細かいことを気にしない天真《てんしん》爛漫《らんまん》な性格だ。よく言えばおおらかだとも言えるが、それは裏返せばおおざっぱで鈍感だということにもつながる。友達がいじめられていたことに南が気づかなかったとしても、俺はなんの不思議も感じない。

そして、何より俺に確信を持たせたのはこの写真だった。「柚」のほうはちょっとはにかんだような笑みを浮かべているが、「恵」のほうはおどおどとした、びくついた表情でうつむいている。典型的ないじめられっ子の顔つきだ。南は二人の見分けがつくと得意そうにしていたが、これが普段の二人の表情だというなら、ばんそうこうなどなくても見分けはつくだろう。とくに、いじめをするような連中はいじめられても抵抗しない獲物《えもの》を見分ける嗅覚《きゅうかく》だけは発達している。

（だが……妙だな？）

何かがひっかかった。

俺に向かってきっぱりと「特別扱いは好きじゃないんです」と言い切った荻原恵は、片足が不自由であるにも関《かか》わらず、卑屈《ひくつ》なところや屈折したところをまったく感じさせない少女だった。どうも、このうつむいて今にも泣き出しそうな少女とは印象が重ならない。

それに……。

「あっ！　そうだ、先生！　いじめって言えば、知ってますっ？」

まとまりかけた思考を遮ったのは、またしても南だった。ため息がもれる。今度は——

なんだというのだ。

「なんでしょうか？　知らないと思いますが」

「下澤先輩のことですよ。ほら、昨日音楽室で会った」

「ええ、金髪の。覚えていますが、彼女といじめに何か関係が？」

「あの先輩も、いじめられてるっていう噂《うわさ》があるんですよー」

「噂……ですか」

「ええ。それも、下澤先輩と仲良くするとその人もいじめられるようになるって話で、だから先輩に親しい人っていないので詳しくはわからないんですけど」

南のおしゃべりには辟易《へきえき》するが——全《まった》く役に立たないというわけではないようだ。

下澤は美夏に何か相談を持ちかけていたという話だった。友人がいないのだとすれば、いじめについて悩んでいてもクラスメートに相談はできない。美夏が、その相談相手になっていたのではないのか。

いずれ下澤を調べる時に役に立つだろうが——まずは荻原恵だ。

「南さん、僕はちょっと用がありますので、留守番《るすばん》をお願いします」

「ええ〜〜？　私《わたし》も一緒に行きます〜〜〜！」

立ち上がって南を牽制《けんせい》すると、思った通り不満の声があがった。だがそれに対する反論はすでに用意してある。

「きみは保健委員でしょう？　僕が留守の間、患者《かんじゃ》さんが来るといけませんから。ここをよろしくお願いします」

「むぅ〜〜〜。……はぁーーい」

むくれて、しかし逆らえずに頷《うなず》いた南をその場に残して、俺は保健室を出た。──まったく、うるさい女だ。時折こうして有益な情報を無意識にもらすのでなければ近くには寄せないところなのだが。

さて──双子はどこだろうか。今日もまだ教室に残っているといいのだが。

しかし俺の期待は裏切られた。とはいえ、昨日確認した恵の席には鞄《かばん》が残されている。校内にいることは間違いない。

何か所かを捜したが、松葉杖《まつばづえ》をついた少女の姿はなかった。諦《あきら》めて保健室へ戻ろうとした時、俺は予想外の場所──グラウンドに二人がいるのを発見した。一種の心理的な盲点だ。松葉杖の恵が運動のためのグラウンドにいるはずがないとそう思ったのだろう。

双子はグラウンドの隅《すみ》にある木陰《こかげ》で、何か二人で話をしている。どんな会話をしているのかと、俺は声をかけずに二人の死角になる方角から近づいていった。

「うーん……だから、柚ちゃん決めていいよぉ」

「そうじゃなくて、恵の行きたいところがいいんだってば」

「恵はどこでもいいの。柚ちゃんの入りたいところを見学に行こうよ。……保健の先生が紹介してくれた人のところとかは？」

「うーん……でもこの間、会えなかったし。……あ、恵、入りたい？　だったら」

「べつにそういうわけじゃなくて。柚ちゃん興味あるのかなって思って」

何か、譲《ゆず》り合いをしているようだ。見学、と言っているが——なんだろうか。それに、保健の先生、という単語も聞こえた。俺ではなく美夏が何かしたのだろう。

「困ったなあ……あれ？」

嘆息して視線をめぐらせた恵が、俺に気づいて目を丸くした。妹の様子に気づいて柚もこちらをふり返る。

「先生……どうしたんですか？　こんなところで」

にっこりと笑って声をかけてきたのは恵のほうだった。

「お二人の姿が見えたので。何を話していらっしゃるのかと」

「それでわざわざ来てくれたんですか？　えへへ、なんだかうれしいな」

ほんわりと、恵が笑った。手をあげて、指先で頬のあたりをつつく。

「あのね、部活の見学に行こうって柚ちゃんと話してたんです」

「部活に入るのですか。それはいいことですね」

「でしょう？　でも、どこから行こうかっていうのが決まらないんです」

頬を指先でいじりながら恵はいたずらっぽい笑いを浮かべてみせる。

「それは大変ですね。今、保健の先生が、とおっしゃっていたようですが」

「はい。この話、渡良瀬先生にもしたんです。そうしたら、いい部があるから部長さんに紹介してくれるって。……でも柚ちゃんが会いにいったら会えなかったんだよね？」

妹に話を振られて、姉は頷く。

「なんだか、行き違っちゃったみたいで。携帯もなかったから連絡とれなかったし」

「携帯？　お二人は携帯を持っておられるのですか」

「うん。二人で一つ持ってるだけなんだけれど、何か緊急の時に使いなさいって。ほら」

にっこりと頷いて恵はポケットから携帯を取り出してみせる。

そこに、妙なものがつけられているのが目についた。

ビーズで作られたストラップ――それも、手作りのようだ。

俺は、それに見覚えがあった。

(仲哉くんにもあげようと思って。さっきね、入院してた子にもあげたの。幸福になれるお守り)

そう言ってさし出されてきたビーズのミサンガを、あの時俺は力任せにあの女の——美夏の手から叩《たた》き落とした。そしてそれは今入院している美夏がいじっていたものでもある。ビーズいじりは美夏の趣味なのだ。

それと同じものをなぜ、この姉妹が持っているのだろうか——。

「このストラップは？」

「あ……これですか」

問うと、柚がわずかに目をそらすようにする。やはりこの少女はすこし人見知りのところがあるのだろうか。

「もらったんです。恵が足のケガで入院してた時に」

「そうですか」

(待てよ——……)

頷きながら、何かが引っかかるのを感じていた。

たしかあの時、美夏は。何か言っていたのではなかったか。

(その子ね、医療ネットワークへの登録をまだしてなくて、今回はじめて登録したらしいんだけれど、ずいぶん不安そうにしてたの。だから心配ないよ、って安心させてあげようと思って)

偽善者の美夏らしいやり口だ——その時はそうとしか思わなかったし、今まで忘れていたが。恵が事故にあったころ、美夏は体が弱く、入退院をくり返していた。たまたま何度めかの入院の時に、恵も入院していたのだろう。

「ねえ？　先生。どんな部活に入るのがいいと思います？」

無邪気な笑みを浮かべて恵が見上げてくる。半ば無意識に、俺は恵の左足に視線をやっていた。

「恵ね、運動部でもいいなって思ってるんですよ。柚ちゃんがやりたいスポーツなら」

「えー、だめだってば！　それじゃ恵が部活できないじゃない」

「平気だよぉ。そしたら恵は別の部に入るし」

「だめ！　ちがう部に入ったら部活の間誰《だれ》があんたの面倒見るのよ」

「一人で平気だよぉ。それにいつも恵と一緒にいたら柚ちゃん自分の好きなこと全然できないじゃない」

（おやおや……）

かわいらしい言い争いがはじまって、俺は内心でうすく苦笑した。

要するに、柚は恵から目を離すわけにいかない、恵の世話をするのは自分の義務だと思っているから同じ部活に入るつもりでいる。だが恵のほうは柚を束縛しているような負い目を感じていて、柚に自分の好きなことをやらせたい、それでもめているのだ。

なるほど文化部に入部したのでは、柚がほんとうに自分のやりたいことをやっているのか恵に気兼ねして運動部ではない部を選んだのかわからない。だから恵は柚にスポーツをやらせたいのだろう。

南の写真で見た、幼いころの柚は決して内気なタイプではなかったようだから、もしかしたら本当はスポーツが得意なのかもしれない。

互いに相手が心配で、相手のいいようにしたいと思っている——麗《うるわ》しい姉妹愛だ。

……反吐《へど》が出る。

「そういえば」

これ以上やりとりを見ていたくなくて、話題を変えた。

「ちょっと小耳にはさんだのですが、この学園にはいじめに遭《あ》っている学園生がいるそうですね。お二人は何か聞いていませんか？　あるいはご自身が被害に遭っているとか」

「え……？　いじめですか？」

きょとんと目を見開いて恵が首を傾《かし》げる。姉と顔を見合わせた。

「事故のすぐあとくらいは、ちょっとありましたけど……クラスの男の子にからかわれたり。でも気にしないでいたらそのうち何もされなくなりましたよ。ここではいじめられたことはないです」

「ほう？　ではお二人は今までいじめに遭ったことはないのですね」

「ない……と思います。ね？　柚ちゃん？」

「うん。……ないよ」

確認するように恵が柚に問いかけた。

「ご自分たちのことでしょう？　ずいぶん曖昧《あいまい》な言い方をなさるんですね、恵さんは」

「あ……この子、事故のショックで、すこし記憶が混乱する時があって。覚えてないこともあるんです」

慌てたように柚が割って入ってきた。俺は失言を悟る。

「それは、大変失礼なことを言ってしまいましたね。申し訳ありません」

「いいですよ。気にしないでください」

恵はにっこり笑ったが柚のほうはどこか恨めしげな目で俺を見ていた。

――退散したほうがよさそうだ。

「いい部活が見つかるといいですね」

そう言って空気を取《と》り繕《つくろ》い、俺はその場をあとにした。

どうにも、何かがしっくりいかない気がして、納得がいかない。

南の記憶によれば、恵はいじめを受けていたはずだ。事故の後遺症で記憶障害が残っているならその部分をすっぽり忘れてしまったとも考えられるし、今の恵は、ハンディキャップのことさえなければいじめを受けるような要素は見あたらないが――。

（待てよ）

今の、恵——。

そう、今の恵は、とても子供の頃《ころ》いじめられていた少女には思えない。対して柚はどうだろうか。決して暗い少女ではないが、時折見せる、どこか人見知りしているような、怯《おび》えたような態度は——十分にいじめっ子の嗜虐心《しぎゃくしん》をそそるのではないのか。

先ほど見た光景が脳裏によみがえってくる。

恵は、頬のあたりを指先でいじっていた。思い返してみると、先日顔を合わせた時にも同じ仕草をしていた。

(柚ちゃんにはほっぺたをいじるくせがあるんです。ちょうどそのころ歯医者さんにいってて、虫歯が気になったみたいで、それがくせになっちゃったの)

南の記憶によれば、頬をいじるくせがあるのは柚だ。恵ではない。

柚のくせがうつったのか？　だが柚にはそういうくせはないように見える。

カルテによれば、たしかに恵には虫歯の治療痕《あと》があった。

(では、……柚はどうだ？)

もし、柚に虫歯の治療痕がなければ。

(医療ネットワークへの登録をまだしてなくて、ずいぶん不安そうにしてたのよ)

美夏の言っていた言葉。

美夏が出会ったのは柚なのだろうか、それとも恵？

もし、今の「柚」なのだったとすれば。

少女が不安がっていたのは、医療ネットワークに自分の遺伝子を登録することそのものではなく、そのことで、自分が「柚」ではないことが暴露されてしまうのではという怯えからではないのか？

俺はきびすを返し、急いで保健室へと向かった。


ほとほととドアを叩く音がした。

「先生？」

「ああ——いらっしゃいましたか。どうぞ、お入りください」

顔をのぞかせた恵に、俺は微笑《ほほえ》みかけた。立っていってドアを大きくあけてやる。

いくらかの細工をして、俺は双子の担任に柚を呼び出させた。そうしておいて恵を呼び出せば、恵は一人でここへ来ざるを得なくなる。

「なんですか？　恵に用事って」

「ええ——ちょっと、ご相談したいことがありまして」

器用に松葉杖を扱って恵は保健室に入ってきた。俺は椅子を勧めながらドアを閉め、さりげなく静かに鍵《かぎ》をかける。

「じつは、前任の渡良瀬先生の事故のことですが」

「……はい」

「僕は、あれは事故ではなく事件だったと思っています。つまり——何者かが渡良瀬先生を殺そうとした」

「え……な、なんでですか？　それに、どうして恵にそんなこと言うんですか？」

「それは二つとも関連性のある質問です」

ゆったりと、俺は笑った。恵をじらす。

「僕には犯人の目星がついているんです。そしてその人物の共犯者にも」

「…………？　あのー……だから、それが恵とどういう関係があるんですか？」

「共犯者が、あなたのお姉さん——柚さんだからですよ」

「……っっ！」

恵の瞳《ひとみ》が大きく見開かれた。短い間絶句し、そしてくすくすと笑う。

「やだなあ、先生。冗談うまいんだから。だめですよ、たちの悪いいたずらしちゃ」

「僕は冗談など言っていません」

「だ……だって！　柚ちゃんがどうして渡良瀬先生を殺そうなんて思うんですか？」

「秘密を知られたからです」

「……秘密、って……？」

「これを見てください」

俺は机へ戻り、そこにあった紙をとって恵にさし出した。

「今ではかなり貴重な、紙に手で書かれたカルテです。すこし古いものですが」

「？」

きょとんと恵は首を傾げる。俺は笑みを広げた。

「よく見てください。患者の名前を。くせのある字ですが、読めますよね」

「えーと……荻原、柚……？　柚ちゃんのカルテ？」

「ええ、そうです。もう廃業してしまっていたのですが、以前柚さんの虫歯を治療した歯科医が保管していた、柚さんのカルテですよ」

「へえ……歯医者さんのカルテってこんななんだ」

俺は頷いた。南から、かつて双子の一方が通っていた歯医者の場所を聞き出し、医師を訪ねて当時の、柚のカルテを借り出してきたのだ。

「でも、これのどこが柚ちゃんの秘密なの？」

「順を追ってお見せしているだけですよ。こちらを見てみてください」

別のカルテを渡す。これは医療ネットワークのデータをプリントアウトしたものだ。

「これはですね、恵さん。あなたご自身のカルテです。あなたには虫歯の治療痕がある。……おかしなことに、そちらの、柚さんのカルテとまったく同じ治療痕が」

ぱちりと、恵はまばたきをした。

「そうなんだー……珍しいこともあるものなんだね」

「ところが、さらに奇妙なことがありまして」

無邪気な表情がショックに凍り付く瞬間はすぐそこだ。ほくそ笑みながら俺はさらにもう一枚のカルテを恵に手渡す。

「それが、柚さんのカルテです。なぜか――柚さんには歯の治療痕がありません」

「…………え…………」

きょとん、としていた顔が微妙にこわばった。

「この写真に覚えはありますか」

俺は南から預かっていた写真をさし出した。

「どちらがご自分だかわかりますか？」

「え……。…………恵、わかんない……。昔のことって、よく覚えてないの」

「そうですね。あなたは事故の時に頭を打って、記憶障害を起こしてしまった。――自分の名前も、もしかしたら忘れてしまっていたのではありませんか？」

「え…………？」

徐々に、恵の顔から血の気が引いていく。

「どういう、こと……？」

「ちなみに、その写真の左側――おどおどした表情で、膝にばんそうこうを貼っている少女が、恵さんだということです。恵さんは当時、クラスの男の子によく突き飛ばされるなどして小さな傷が絶えずに、いつもばんそうこうを貼っていたのだそうですよ」

「どう、いう………なんのこと？　先生、恵に何が言いたいんですか」

「あなたは、ご自分を名前で呼びますね。それはなぜですか？」

「え……それは柚ちゃんが、恵が記憶が混乱してるから、恵が恵だってことを忘れないようにそういうふうに言ったほうがいいって………あ……」

自分の言葉が示す可能性にようやく気がついたらしく、恵はちいさな声をもらして口元をおさえる。

「うそ……だって、そんなの……柚ちゃんがどうしてそんなこと……必要なんか」

「僕の推測でよければお話ししましょう」

俺は自分の椅子へ戻り、ゆったりと腰をおろした。脚《あし》を組んで恵と向き合う。

「すべては、あなたの事故からはじまったのでしょう。当時あなたがたはこの写真のように、いつも同じ服を着て、同じ髪型をしていた。もしかしたらご両親でさえあなたがたを見間違えることもあったかもしれない。

事故の時、あなたは柚さんと二人きりだったのではないでしょうか。あなたは頭を打って意識がなく、あるいは自分が誰だかを思い出すことができなかった。柚さんがご自分でそう名乗ったのかもしれませんし、混乱の中で大人《おとな》が勘違いをしたのかもしれません。本当は『柚』であるはずのあなたは『恵』として入院し、それまで登録していなかった医療ネットワークにも『恵』として登録された。そして、『柚』さん――すなわち、ほんとうの恵さんは、それを訂正しなかった」

もはや恵は完全に蒼白《そうはく》になっていた。はりさけんばかりに見開かれた瞳だけが、すがるように俺を見つめている。嘘《うそ》だ――冗談だ、ただの作り話だと言ってほしい、その瞳はそう叫んでいた。

だが――俺はこの表情が、そしてさらに絶望に彩られていく表情が見たいのだ。

「ちょっとしたいたずら心だったのかもしれませんね。あなたの記憶はきっとすぐに戻って、間違いは訂正されると思ったのでしょう。ですが正直に自分が『恵』だと名乗らなかったのはなぜでしょうか」

「け、……恵、そんなことわかんないもん……」

拗《す》ねたようなかたい声で恵はそう吐き出した。目尻《めじり》には涙がたまっている。その涙をこぼすまいとしているのか、ぎゅっと唇を噛《か》んだ。

「推測するのは簡単です。恵さんはいじめを受けていた。一方、同じ顔をしている柚さんはいじめられることもない、明るい笑顔の持ち主だ。そんな状況に置かれて、どうして自分ばかりがいじめられるのだろう、自分がいじめられない側になりたい、そう思わないいじめられっ子はいませんよ」

「で……でも！　だからって、柚ちゃんが……」

「ほんの短い間のごっこで終わるはずだったのですよ、あなたが記憶を取り戻せば」

「っ…………！」

きつく唇を噛みしめて、恵は涙を落とすまいと歯を食《く》いしばっている。

「ちがう、もん……柚ちゃんはそんなことしないもん…………いつも恵のこと気遣《きづか》ってくれて、恵のために自分の時間全部犠牲《ぎせい》にして」

「それは――ほんとうにあなたへの気遣いなのでしょうかね？」

びくん、と恵のきゃしゃな体が震えた。童顔に似合ったひどく幼い、未発達な肉体。

「時がたち、あなたは『恵』さんとして、柚さんは『柚』さんとして周囲に認知されてしまった。しかも『恵』さんは片足が不自由だ。今さら入れ替わっていたことが明らかになってしまえば、誰もが言うでしょう――なぜそんなことをしたんだ、なぜ正直に自分が本当は恵なのだとあの時に言わなかったんだ！と」

わざと声を荒げると恵は怯えたように身をすくめた。すこし声のトーンを和《やわ》らげて、俺は話を続ける。

「そう、ここまで来たら、柚さんは何が何でも、自分が『柚』であり、あなたが『恵』である状態を保たなくてはいけなかったのです。周囲に一斉《いっせい》に嘘つきと責められる――何年も姉の名前を騙《かた》っていたことを理由に、以前よりひどいいじめに遭うかもしれない。いじめられた経験のある人間には、耐え難い恐怖です」

「……………」

「秘密はどこから漏れる可能性が最も高いか？　少し考えればすぐにわかることです。本当は『柚』である本人――つまり恵さん、あなたが、自分が『柚』であったという記憶を取り戻せば、『柚』さんの悪事はすべてたちどころにあばかれてしまう」

「……………」

「だから、『柚』さんはあなたのそばを離れることができなかった。あなたは自分でも言っていたとおり、松葉杖での生活にさほど重大な不自由は感じていない。柚さんがいなくても立ち往生してしまうようなことはない。それなのに柚さんはかたくなに、あなたと同じ部活動に入ることにこだわっていた。なぜだかわかりますか？」

「わ……わかんない、もん……！　恵そんなの、わかんないもん！」

がんぜない幼女のように、恵はただその言葉をくり返し、強く頭を振る。

「これが、柚さんの秘密ですよ。どうしても、守らなくてはならなかった秘密です」

俺は話を本筋に戻した。

「渡良瀬先生は、入院していた当時のあなたたちに会っているのだそうです。おそらくなんらかのきっかけで先生はあなたたちの入れ替わりの事実を知ってしまった」

これは出まかせだが、おそらくさほど真実から遠くはないだろう。

「なんとかしなくては——そう思っていた時、柚さんはやはり渡良瀬先生が邪魔だと感じている人物と知り合った。二人の利害は一致し、そして犯行に及んだ」

「だ……誰なんですか、その人」

「この人です」

「……！」

取り出して恵に見せたのは、朝野と美夏のレズ写真だった。突如突きつけられたいやらしい写真に恵は驚き、息を呑《の》んで写真を凝視している。ややあって、ぽつりと呟《つぶや》いた。

「変な先輩だ……」

「朝野さんをご存じですか」

「け……恵はよく知らない。ただ、時々柚ちゃんと……あ…………」

「二人はどんな話をしていたんですか」

「知らない……柚ちゃん、この先輩と話したことは、ごまかして、教えてくれないの」

「つまり、あなたに秘密にしておかなくてはならないことだったと——」

恵の体が細かく震えている。今にも泣き出しそうに歪《ゆが》んだ表情。じつにいい眺めだ。

「朝野さんはこのとおり、渡良瀬先生と肉体関係にあった。おそらく、その関係に耐えられなくなって、関係を断ちたいと考えていた」

ぞくぞくする。これからさらに恵にのしかかってくるであろう絶望の表情を想像しただけで、俺は勃起《ぼっき》しかけていた。

「さて、恵さん——いや、柚さんとお呼びすべきでしょうか？　渡良瀬先生の事件があった日、柚さんがどこにいたか、あなたは知っていますか？」

「……ひ、人に…………会いにいってたんじゃないかと思います……」

「ほう？　思う？　あなたたちはその日に限って一緒じゃなかったんですか」

「で、でも……」

恵は震える手で、ポケットから携帯電話を取り出した。

「け、恵はその日携帯なくして……捜してたんです。この間見つかって、あ、あの……ほら、ここ」

いくつかのボタンを操作して、恵は画面を俺に向けて見せた。メールの発信記録だ。宛名《あてな》は——下澤沙耶香？　本文を見ると、部活を紹介してくれるならここへ来てほしい、という内容の文面と、たしかに美夏が事故にあった時間を指定したものだった。

「わ、渡良瀬先生が、部活を紹介してくれるって……だから柚ちゃんはこの人に会ってたんだと思います」

「なるほど。……それで、携帯が発見されて戻ってきたのはいつですか？」

「何日か……前です。大城先生が恵に会いに来た日」

ああ——そういえば柚はあとから教室に入ってきて、「見つかったよ」と言っていた。それが携帯のことだったのか。

「しかし、あなたは携帯をなくして捜していたんですよね？　なのに柚さんはその携帯を使ってメールを打った？」

「え……？」

恵が忙しくまばたきをする。

「だ、だから……恵はなくしたと思ってたけどほんとは柚ちゃんが持ってて」

「まるでアリバイ作りのごとく、ちょうど事件の起こる時間を指定して待ち合わせをしたいというメールを打ち、そしてそのまま携帯をなくしたと？」

「え？　あ、……あれ？」

「なくした携帯が戻って来たとなれば、あなたも気になって発信記録を見ますね？　柚さんはわざと、あなたに携帯の発信記録を見せるためにあなたから携帯を盗《ぬす》み、そしてわざと、いずれ誰かが拾ってくれるような場所に携帯を『なくして』きたのでは？」

恵は何か言おうと口を開きかけ、しかし何も言うことはできなかった。

とっさに組み立てた詭弁《きべん》だったが——案外と正鵠《せいこく》を射ていたのかもしれない。

「さて。もし、僕が今の話を——たとえば警察などに話せば。どうなると思いますか？」

「…………！」

恵は大きく体を震わせ、半ば無意識のように首を左右に振った。

「や……やめて、先生。お願い…………柚ちゃんに、そんなひどいことしないで」

かすれて震える声。なすすべもなく、俺の前に我が身を投げ出して哀願することしかできない、無力な女。

「しかし——僕としてはこのような非道な犯罪を見過ごすわけにはいきません」

冷たく言い返す。恵は必死の様子で首を振った。

「お、お願い……恵、なんでもするから…………だからやめて。柚ちゃんを助けて……」

「なんでも、ですか？」

さらに視線の温度を下げて見下ろすと、恵はこくこくと何度も頭を上下させる。

「あなたの名前を奪って、あなたに何年もの間なりすましていた人ですよ？　そんな人のために、あなたが犠牲になるのですか？」

こう言っても、恵はまだ柚を守ろうとするだろう。どれほど俺に柚の罪を暴《あば》かれたところで、恵の記憶には「優《やさ》しい姉」の姿が刷《す》り込まれている。

「そ、それでも……柚ちゃんはずっと恵のためにいろいろしてきてくれたもん！　柚ちゃんは、悪い子じゃないもん……！　だから…………」

思ったとおりだ。強く麗しい姉妹愛。

あくまでもそんなものに固執するというなら、せいぜい利用させてもらおう。

「では、その言葉、実行していただきましょう」

「え？　っ！　う……んぐうっ……！」

腕をつかんで、恵の体を引き上げ、強引に唇を合わせる。からん、と松葉杖が倒れた。

「んぅっ！　ぁふっ、い、いや……っ」

俺の口づけから逃れようともがきながらも、恵は俺の白衣にしがみついてくる。片足の不自由な恵は、そうしないと立っていることはできないのだ。

「なんでもするのでしょう？　なら、僕を拒んではいけませんよ」

「ぅ、ん……っ……………。だ、だって……」

「何をするか決める権利は僕のものです」

反論を封じて再び唇を奪う。強引に唇を開かせ、歯列を割って舌をからめとる。そして一方の手を恵のスカートの中へともぐりこませた。

「や……っ！　な、何してるんですかっっ！」

「何でもすると言ったのは恵さんではありませんでしたか？　おいやなのでしたらやめますが――柚さんのことは僕の好きにさせていただきますよ」

「……………」

涙目の瞳が見上げて来る。

「……先生の言うとおりにしたら……………柚ちゃんのことは黙っててくれるの？」

「そうですね。考えてあげてもいいですよ」

　ぐすっ、と恵はしゃくりあげた。ぎゅっと目を閉じて、俺の白衣をつかみなおす。

「だったら……いいよ……」

　懸命《けんめい》に嫌悪感《けんおかん》を押し殺そうとしている、消え入りそうな声。

　俺は笑い、遠慮なく恵のショーツの中へと指をもぐりこませていった。


「はぁ、はぁ……あ、ふ……っ……」

　全身で大きく喘《あえ》ぎながら、恵が懸命に声を押し殺そうとする。しかし濡《ぬ》れた唇からは次々に悩ましげな淫声《いんせい》がこぼれ落ちてくる。

　くちゅっ、にちゅっ、と恵の股間《こかん》からいやらしい水音がする。俺の指にかき回され、清純そうな白いショーツの内側はいつしか恵自身の分泌した液体にしとどに濡れていた。

「ふぁっ、あっ、あんっ……！」

　恵のよがり声は小動物の鳴き声のようだ。俺の指が敏感な場所に触れるたびに声をもらすのがわかりやすい。

「ら、らんか……恵、へん……あたま、ぼーっと、しちゃうぅ……」

　ろれつの回らなくなっている、舌足らずな声。目もすでにとろんととろけて、忘我の境地をさまよっているようだ。

　そろそろ——本当の地獄《じごく》を味あわせてやるか。

「はあ、あぁん、せん、せ……え？　……きゃんっ！」

恵の体を突き飛ばすと、体重を支えられない脚は簡単に崩れて、恵はそこにあったベッドに倒れ込んだ。

「せ、せん、せ……？」

「あなたばかりいい思いをしていないで、僕のことも楽しませてください」

「へ？　……きゃうっ？　や……やあぁっ……！」

制服のスカートをまくりあげ、ぐしょぐしょになったショーツを引き下ろす。ねっとりと濡れた場所にすでにいきりたっていた逸物《いちもつ》を一気にねじこんだ。

「ひあぁぁあっっ！」

ピッチの高い悲鳴とともに、肉棒が行く手を阻《はば》もうとしたうすい粘膜《ねんまく》のはかない抵抗を突き破ったぶつっ、という感触に痺《しび》れるような快感が俺を浸す。

「やっ、やぁっ！　いた、痛い、痛いぃぃっ！」

上半身だけでじたばたと暴れようとする恵の両腕をひとまとめにつかみ、背中ごとおさえこんで動きを封じる。

恵の脚の間を、一筋の真っ赤な液体がのろのろと流れ落ちていった。

「おとなしくしていらっしゃい。すぐにここでも気持ちよくなりますから」

「ぁっ、あんっ！　やっ、いた、いたい、のぉ……動い、ちゃ……ら、らめぇ……ゆう、……ゆうちゃぁん…………ぐすっ……」

動きの鈍くなっている舌が切れ切れに抗弁するが、もちろん言うことなど聞いてやりはしない。根本まで深々と貫いた肉棒を抜け落ちる寸前まで引き、そして再び最奥まで押し入れる。

すでにたっぷりと濡れていたものの、やはり初めて男を受け入れる場所は狭く、ぎちぎちと軋《きし》んで俺のものを刺激する。

「はっ、はっ……あっ…………んふぅっ……」

いつしか、恵の腰が俺の律動に合わせてもぞもぞとうごめきはじめていた。

柚は、どこかこわばった表情で俺の前に姿を見せた。

そう——俺は恵に「考えてもいい」とは言ったが、何らかの言質を与えるようなことはしていない。それを確認することもせずに俺に体を捧げてきたのは恵のほう

だ。

「何か……ご用ですか？」

「ええ。ちょっと、お話をさせていただきたいと思いまして」

俺は頷き、そして俺が朝野と、そして共犯者として柚を疑っていること、柚の動機としてカルテを見せて恵と柚とが入れ替わっている事実を証明してやった。

「……そんなの、言いがかりです」

俺の話を聞くうちにどんどんと蒼白な顔色になっていった柚は、話が終わると小さな唇を思いきり尖《とが》らせて俺をにらんだ。

「結局、どこから持ってきたのかわからない、正確かどうかもわからない古いカルテ一枚を根拠にしてるだけじゃないですか。医療ネットワークに登録されてるデータのほうが正しいに決まってるでしょ」

ほう――しぶとい娘だ。開き直ったらしい。

「しかし、あなたがたが医療ネットワークに遺伝子情報を登録したのは、比較的最近――恵さんの事故の時ですよね？」

「――……っ！」

びく、と柚の肩が揺れた。

「そ……そんなこと、あるはずないでしょ！　遺伝子情報の登録は義務じゃない！」

「あの当時はまだ法令が浸透していなかったのですよ。だからこそあなたがたのように登録もれの人もいたのです。……あなたたちの携帯にはビーズのお守りがついていますね」

「……え、ええ」

「あれを作ってあなたに渡した人は、偶然ですが、僕の親戚《しんせき》なんですよ。彼女が当時僕に教えてくれました。小さな女の子にビーズのお守りを渡してあげたの、医療ネットワークに今回はじめて登録して、不安そうにしていたから、と」

また、柚の肩が揺れた。その会話に記憶があるから動揺しているのだ。

「悪いことはできませんね？　荻原恵さん？」

「あ……あたしは………」

柚はそこまで言って言葉を途切れさせ、幾度か口を開こうとしては閉ざす。

では――だめ押しだ。

「このことを、恵さん――本物の柚さんが知ったら、どう思うでしょうね？」

「そ……そんなこと、恵は信じたりしないもん！」

痛いところをつかれたらしく、柚は反射的に怒鳴り返してきた。

「だいたい、恵の記憶が戻らなければ、何がほんとのことかなんて恵にはわかんないんだから！　意味ないよ！」

興奮したあまりに、ついに柚は馬脚をあらわした。俺はくっと喉《のど》を鳴らして笑う。

「それはつまり——恵さんの記憶さえ戻らなければ、彼女がほんとうは恵さんではなく柚さんであり、あなたがほんとうの恵さんであることはわからない、ということですね？」

「！　あ、あたし……あたしそんなこと言ってないもん！」

「ですが、記憶の有無に関わらずあなたが柚さんであり彼女が恵さんであるなら、記憶が戻らなければ、などという発言は出て来ないと思いますが？」

「…………」

柚が目をそらした。俺の言葉を肯定《こうてい》したも同然だ。ついさっきまで小憎らしく俺を睨みつけていたのもどこへやら、しょんぼりと身を縮めている。

「さて——話を戻して、事件の当日、あなたはどこにいたのですか」

「あ……あたし…………あたしは音楽部の先輩に会うことになってて」

「ほう？　なっていた、というのは？」

「手紙をもらったんです。会いましょう、って。その先輩は、渡良瀬先生が紹介してくれた人で、手紙をくれて。それであたし、指定された場所に行きました。でも、結局先輩は来なかったんです」

「なぜ、その時に限っていつも一緒にいる恵さんと一緒ではなかったんですか？」

「恵は……携帯をなくしちゃった、って捜してたから。でも約束やぶるわけにはいかないと思って、あたし一人で」

……どうも、恵の話と柚の話には食い違いがある。下澤沙耶香と会う時間と場所を指定したのは、柚だったはずだが——。

「先輩のことは、あたしは知りません……。何度か話しかけられて、がんばって、って言われました。なんでそんなこと言うのかよくわからなかったけど、でもあたしのこと応援してくれてたみたいだから、それで顔を見ればおじぎとかしましたけど。でもあたし、渡良瀬先生があたしの過去のことを知ってるかも、なんてことも考えたことなかったし——共犯なんかじゃないです、絶対！　そんなひどいこと、できません！」

必死の表情だった。どうやら、この形相からすると俺の推理は外れていたようだ。

しかし、それとは別の問題として。柚は俺に今、つけいる隙《すき》を与えた。

「双子のお姉さんにはあんなひどいことをしたのに？」

「っ…………！」

柚は言葉を失って硬直した。

この娘が朝野と関係がないなら、それはそれでいい。疑わしい候補者が一人減ったというだけのことだ。だがせっかくこの娘をここまで追い込んでいるのだ——娯楽《ごらく》は最大限楽しむべきだろう。

「どうなんですか？　柚さん——いえ、恵さん」

「…………」

「そういえば、以前僕はあなたが『恵ちゃん』と呼ばれた声に返事をして恵さんに笑われているのを聞きましたよ。それほど、あなたは自分が本当は『恵』であることを強く意識していたんですねえ」

「…………じゃ、ない、の……」

かすかな声が聞こえた。俺は首を傾げる。

「はい？」

「わざと、じゃ…………ないの……」

「何がですか？」

「あ……あたし……あたし、ちょっとだけ、ほんのちょっとだけお姉ちゃんをおどかすつもりだったの——……それだけなの…………」

ぽろぽろと、柚の頬を涙が転がり落ちていった。冷たく笑って、俺はそれを眺める。

「よくわかりませんね。きちんと説明してください。朝野さんと渡良瀬先生のことに関係のないことなら、僕が黙っていればすむことですから」

「ひっく……」

柚は大きくしゃくりあげた。

「あたし……いじめられっ子で。でもお姉ちゃんは元気で明るくて、友達もいっぱいいて……。うらやましかったの。あたしが柚ちゃんだったらよかったのに、っていつも思ってた。あたしがたった一つだけ、お姉ちゃんに勝てるのってジャングルジムだった」

涙まじりの声で柚は己《おのれ》の罪を告白する。

「お姉ちゃんは高いところが苦手《にがて》で……あの日もあたし、無理にお姉ちゃんをジャングルジムの上へ引っ張っていって」

ほら、つかまって、と恵は手をのばし、そしてふと、いたずら心が頭をもたげた。姉が悲鳴をあげるのを期待して、一瞬だけ、手を離したのだ。

「ほんとに、……ほんとにちょっとだけのつもりだったのに。そしたら……もう一度手をつかむ前にお姉ちゃんもう片方の手も離しちゃって……！」

「そして転落して頭を打ち、記憶をなくして片足も失った――……というわけですか」

「でも……でもわざとやったわけじゃないの！」

強く頭を振って、『柚』――恵は叫んだ。

「お願い……お願い先生、恵には言わないで。お願いだから黙ってて――」

なるほど。思い出してほしくなかったのは入れ替わりの事実だけではなく、誰も知らなかった「事故」の「加害者」――犯人が自分自身だということも、だったわけか。

それでは四六時中記憶を取り戻さないように監視したくもなるというものだ。それは、立派な犯罪なのだから。

「よろしいですよ――僕は話さないでおいてあげましょう」

微笑んで、俺は頷いた。

「なんといっても、話すまでもありませんからね」

「え……？　――っっ！」

涙にぐしゃぐしゃになった顔をあげた柚は俺の視線を追っておそるおそる背後をふり返り――そしてそこに立つ松葉杖の少女の姿に短い悲鳴をあげた。


「あ、あっ……！　ひっ……い、いやぁ…………ら、めぇ……」

ぽろぽろと涙を落とし、しゃくりあげながら柚が頭を振る。感じて朦朧《もうろう》としてくると舌足らずになるところまで、この姉妹はよく似ていた。

「んむ……ふ、ぁ……ぴちゃ……ちゅっ……」

「あぁんっ！　ら、らめ……け、ぇ…………や、らぁ……」

「いやなんかじゃないでしょ？」

『姉』の秘裂を小さな舌先でぴちゃぴちゃと舐《な》めすすりながら、恵はくすくす笑った。

「こんなにびしょびしょにしてるくせに。柚ちゃんってほんっと嘘つき。ずーっと恵のことだまして、気持ちよくてほんとはもっとしてほしいくせにいやがるふりして」

「や、やっ！　ほん、ほん、とに……や、らのぉ……っ！　ひぁっ、ら、らめっ、恵、そこらめぇぇっ！」

「んっ、ちゅぷ……はぁ…………。あん……ね、せんせ、もっと……もっと恵のこといっぱいかき回して……ぐちゃぐちゃにして？」

「はいはい」

苦笑して、俺は恵の秘所に背後から挿入《そうにゅう》した肉棒を律動させる。

「んっ！　あっ、あんっ、気持ち、い……すっごい、恵の膣内《なか》、先生でいっぱい……」

「ひっく……や、やらよぉ、恵……なんれ……なんれぇ……ぁ、あっ、ら、らめ、そこ、らめっ、そんなにされたら、あ、あたし、あたしいっちゃう……いやぁ……」

「柚ちゃん、腰引いちゃだめ！　恵はねえ？　足が悪くて動けないんだよ？　自分からちゃんと腰つき出してくれなきゃ舐められないでしょ？」

「ふぇぇぇ……」

なんとも、奇妙な展開になったものだ。

恵は俺の前に四つんばいになって尻を高々と突き上

げ、俺に支えられてではあったが不自由なりに腰を淫《みだ》らにうねらせて、くわえこんだ俺のモノを味わっている。

そして恵の前には、自《みず》らの手で秘部を広げて恵の口元に突き出すよう強制された柚が、べそべそと泣きながら、しかし恵の舌先によって掘り起こされる快楽に今にも絶頂を迎えて失神しそうになっている。

これを望んだのは恵だった。それでも『姉』を信じていた恵は万一姉が俺に無体なことをされたら加勢に飛び込もうと、物陰に隠れて俺と柚のやりとりを一部始終盗み聞きしていたのだ。

そして恵に提示された真実は。

ただ姉妹が『柚』の一時の嘘で入れ替わっていただけでなく、恵から片足を奪った事故が偶然の不幸な事故ではなく、ほんの数時間前まで誰よりも信頼し頼っていた『姉』その人によって故意に引き起こされたものだった、という残酷なものだった。

愕然《がくぜん》と硬直する柚に恵はひどく冷えた、陰惨な笑みを向け、そしてねっとりとした媚《こび》を含んだ視線と甘ったるい鼻声で、俺にしなだれかかってきたのだ。

ねえ先生、恵のお願い聞いてくれる？　柚ちゃんのこと、ぐっちゃぐちゃに犯してやってほしいの、と……。

柚の処女を一卵性双生児の姉妹公認のもとでいただき、その一部始終を目の前で見ていた恵は興奮してきちゃった、先生のがほしい、と自分から尻をさし出してきた。

「はぁん……せん、せぇ……恵気持ちいい……気持ちいいのぉ……ん、んむぅ……」

「い、いや、らめ、恵、おね、が……あたし、も、もう……いっ、いっちゃ、う……いっちゃう、よぉ……ぁぁあああぁんっっ！」

「ぅんんっ……！　んむ、柚ちゃんの、おつゆ……おい、し……もっと飲ませて」

「ら、らめ、らめぇ……もおらめぇぇ……い、いく、いくぅ、とまんない、いっちゃう、らめ、とんじゃう、いっちゃう、いっちゃう、ぁあああっっっ！」

全身をがくがくと痙攣《けいれん》させて柚が絶頂を迎える。しかしいやがり否定しながらも恵に命じられたとおり、自らスカートを持ち上げ、秘裂を開いて恵の舌先に捧げる姿勢を必死に維持し続けているのはなんとも哀れで、そして滑稽《こっけい》な見世物だった。

「ああ……恵さん、よく、締まりますよ……ヒダヒダが僕のものにねっとりからみついてきて——」

「い、いやっ！」

俺の声を聞いて柚が悲鳴をあげる。

「どうして……どうして恵、そんな人とぉ……ぁ、あ、いやっ、そこ吸っちゃやぁっ！」

「恵のカレシのこと、そんな人、なんてゆっちゃだめよ？　ゆ・う・ちゃん？」

「ぅんっ！　らめ、そんなとこ、歯、たてな……ひぁぁっっ！」

「これからは、恵とせんせぇとで、ぅーーーーんと、柚ちゃんのことかわいがってあげるから。たったそれだけのことで、許してあげるって言ってるんだよ？　うれしいよね？　柚ちゃん？　これからも仲良くしようね？」

「ひっく……………えぐっ……」

恵の冷え切ったくすくす笑い。恵の肉襞《にくひだ》は熱を帯びて俺にからみつき、俺を射精へとかりたてていくが、おそらくもう恵が心の底から快楽だけに溺《おぼ》れることはないのだろう。

美しき愛情で結ばれた姉妹でさえ、ほんのちょっとつついてやっただけでこうももろく絆《きずな》は崩れる。

「恵さん——気持ちがいいですよ。あなたの膣内も、ひくひくしている。僕も、もう……いきそうです」

「いって、せんせぇ……恵のなかに、いっぱい出してぇ……」

「ら、らめっ！　先生、らめ、恵の中に出しちゃ……ぁ、ぁあぁっ！　恵、いや、そこはいやぁぁ……とんじゃう、あたしまた……いっちゃうよぉ……！」

「ぅん……っ！　あ、……恵、いき、そ……せん、せ………ぁあっっ！」

「く……っ」

柚の絶叫と、恵の苦しげな、短い悲鳴。

素晴らしいコーラスを聞きながら、俺も射精した。

第3章　誘惑

「や、っ……ぁ、あふぅんっ！　ら、らめ、恵……らめぇ………」

「だめ、とか言って、柚ちゃんぐしょぐしょじゃなぁい。乳首もこりこりになってる。そんなに、ここ、かき回されて気持ちいいのぉ？」

「ら……らって、恵が、そん、なに……ふぁぁん………も、げん、かい……おかしく、な……っちゃうよぉ………」

「もうー、柚ちゃんってばほんとにいやらしいんだから。……こら、そんなにずり上がったら抜けちゃうでしょ？　恵は足が動かないから位置を変えられないの。柚ちゃんが自分から腰を突き出して動いてくれなくちゃだめじゃない」

「ご、ごめん、……こ、こう？　ぁあっ！　ぁ、あ、あ、あぁぁん……」

柚の泣き声まじりのよがり声と、冷たく押し殺された、だが同じ声で柚をなぶり、責める恵の声。

じつに仕事のはかどるBGMだ。

「……恵さん。じきに授業が終わります。適当なところで切り上げてください」

書類を書き上げて、ベッドのほうへ声をかける。身につけたショーツから生《は》えている電動の張り型で組み敷いた柚をなおも責めながら、恵は歪《ゆが》んだ笑みを俺《おれ》に返してきた。

「はぁーい。ほら柚ちゃん？　先生の言うこと、聞こえたでしょ？　イカなくっていいのぉ？　今イカなかったらおうちに帰るまでこのままうずいてないといけないよぉ？　イケ

るようにもっといやらしく腰振らなくっちゃだめだよぉ？」

くすくすと恵が笑う。しゃくりあげながら、それでも懸命《けんめい》に柚は下から腰をくねらせ、グロテスクな玩具《がんぐ》から快楽を得ようともがく。

相変わらず柚は恵になぶられることに抵抗を示す。しかしほんの数日で肉体はすっかり開発——いや調教され、恵に視線をからまされただけで感じてしまい、ショーツを濡《ぬ》らしてしまうようにまでなっている。

「あ、あっ、あっっ！　い、いく、いくぅ……とんじゃう、あたし飛んじゃうっ！」

背中を大きくそらし、柚が最後の絶頂を迎えるのとほぼ同時に、終業のチャイムが鳴った。ぐったりとシーツに体を落とし、まだ余韻《よいん》に全身を痙攣《けいれん》させる柚の膣内《ちつない》から恵は無造作に張り型を引き抜き、ショーツを脱ぎはじめる。

「柚ちゃん、早く制服着なさい。いつまでそんなかっこうでいるの？　みっともない」

「う……うん………」

体は快楽に慣らされてしまっても気持ちまではそうはいかないのか、すすり泣きながら柚はのろのろと起き上がり、手足に力が入らないのが明らかにわかる姿勢で制服を身につけはじめた。

「もうー。早くしなさいよ。まったく柚ちゃんってばぐずね」

「ごめん……ひっく………」

「いつまでも泣いてないのよ。保健室出たら変に思われるでしょ？　はい、涙拭いて」

名前こそ相変わらず事故以来呼ばれ続けて来た名を互いに使ってはいるが、しっかりもののの姉と泣き虫でいじめられっ子の妹という関係は本来のものに戻っていた。

「ありがとうございました、先生！　またよろしくお願いしまーす」

一見以前と変わらない屈託のない笑みを見せて丁寧《ていねい》に頭を下げ、恵が柚を引っ立てるようにして保健室を出ていく。俺は仕上げた書類をまとめて、ファイルに入れた。

それにしても、恵の豹変《ひょうへん》ぶりはじつに見事だ。突きつけられた事実がそれほど衝撃的で、そして許せないものであったということだ。見ていて非常に胸がすく。

さて――俺も次の行動に移らねばならないな。いつまでも荻原姉妹でだけ遊んでいては朝野真理のすました仮面をひっぺがすことはできない。恵も柚も結局事件とは直接の関《かか》わりを持っていなかった。ファイルの残りの少女たちが事件に関係があるのか、あるいは朝野の犯行を立証できる証拠を握っていないかを早いところ調べてしまわなくては。

下澤沙耶香の様子を見にいくか。いつものように音楽室にいるだろう。

保健室を出、音楽室へ向かう階段をあがっていく。

しかし、先日聞こえてきたフルートの音色は今日は聞こえなかった。かわりに、人の声――罵声《ばせい》が聞こえてくる。

「……なんだよっ！」

「へらへら笑いやがって――なんか言いたいわけ？」

「だいたい、なによその髪。生意気！」

「ち、ちがいます……。これは、地毛なんです……」

「言い訳しようっての？」

「きゃっ……」

声が苛立《いらだ》ちととげを帯びる。下澤のものらしい、ちいさな悲鳴が聞こえた。

そういえば南が、下澤はいじめの被害に遭《あ》っているらしいと言っていた。「らしい」もなにも、これはあからさまないじめだ。

だが――これは下澤に近づくチャンスかもしれないな。

「何をなさっているんですか！」

「うわっ！」

「やべえっ、先生だ！」

「逃げろ！」

音をたててドアをあけ、威圧的に叫ぶと、室内にいた数人の学園生が俺を突き飛ばすようにして音楽室を飛び出していった。顔は見た――俺の障害になる場合は今日のことを活用させてもらうことにしよう。だが今は下澤を籠絡《ろうらく》するほうが先だ。

「大丈夫ですか？　下澤さん」

「は……はい………」

床にうずくまっていた下澤に微笑《ほほえ》みかけ、手をのばして立たせてやる。

「ひどいことをする人たちがいるものだ――よくあるのですか、こういうことは」

「あ、あの……いえ、時々……」

消え入りそうな声で下澤は呟《つぶや》く。

「渡良瀬先生に相談していたことというのは、このことですか」

制服の埃《ほこり》を払ってやる。下澤はうつむき、ややおいてこくりと頷《うなず》いた。

「もしよろしければ、すこし保健室で話をしませんか。ここでは気持ちも落ち着かないでしょうし」

「あ……はい。ありがとうございます……」

いくらかためらったあとで、下澤はこくりと頷いた。

「いじめの原因に心当たりはおありなのですか」

お茶をいれてやり、渡してやりながら訊《たず》ねる。

「あ、あの……たぶん……。髪のせいだと、思います……」

うつむいたまま、下澤はか細い声で呟いた。

まあ――そうだろうな。下澤の見事な金髪は目立つ。

「もともとそういう色だと、以前おっしゃっていましたね」

「あ、あの……はい。…………子供の頃《ころ》は、もっと濃い色だったんですけれど」

「徐々に金髪に？」

「ええ……。たぶん、お母さんの血のせいじゃないかなって」

「お母さまは外国のかたなのですか」

「だという話です……。母は早くに亡くなったので、私《わたし》、顔は知らなくて……」

「なるほど。――申し訳ありません、無神経なことを聞いてしまいましたね」

「いえ……」

下澤はちいさくかぶりを振った。ちらりと、俺の顔を見る。そしてかすかに微笑んだ。

「心配してくださって……ありがとうございます……」

「何をおっしゃるんですか」

俺は優《やさ》しい笑みを作って見せる。

「当然のことですよ。保健医としても、男としてもね。あなたのような美しい女性が憂《うれ》い顔をしているのを放ってはおけません」

「え、…………」

どきりとした顔で目を見開いた下澤は、そのまま見る間に真っ赤になっていった。

「あ、あの……私…………今日はこれで。その、……ありがとうございました……」

赤くなった顔を俺から隠すようにしてそそくさと立ち上がり、それでも律儀に丁寧に頭を下げて下澤は保健室を出ていった。見送って、俺は鼻先で笑う。

あの程度のことで真っ赤になって逃げ出すとは、育ちのいいことだ。

しかし——下澤は片親なのか。母親がいない、というのは……俺と同じだ。

頭を振って立ち上がった。こんなところであの男のことなど思い出したくない。

下澤が美夏とどんなつながりがあるのかはわかった。あとは美夏から情報を引き出せばいい。俺に様々な弱みを握られている美夏は俺の命令には逆らえない。あのうじうじした下澤から話を聞き出すよりよほど簡単にことは運ぶ。

保健室を出ようとした時だった。

「せ〜〜んせー！　こんにちはーー！」

やっかいなものが飛び込んで来やがった。内心で舌打ちし、表情は取《と》り繕《つくろ》って俺は南を迎え入れる。

「これはどうも。ちょうどよかった。僕もあなたを捜そうと思っていたんですよ」

「えっ？　えっえっ？　なんですか？　……あっ、もしかしてぇ？」

「きみに恋愛感情を持っているとか、そういったたぐいの話ではありません」

「ええ〜〜？　ちがうんですかぁ〜〜？　つまんなーい」

「僕はきみに娯楽《ごらく》を提供するためにいるわけではありませんので」

思いきり頬《ほお》をふくらませた南を、そっけなくかわす。

「じつは、きみに音楽室の様子をさぐってほしいのです」

「え？　音楽室ですか？　……あ、もしかして下澤先輩？」

「ええ。先ほど、彼女がいじめを受けている現場を目撃してしまいましてね。少々心配で。今日一日だけでも、陰《かげ》ながら見守ってあげてほしいのです」

どうやら俺の言葉は南の正義感を刺激したようだった。南の目が輝く。

「わかりました！　そういうことなら私もぜひ協力させてもらいます！　先輩がこれ以上いじめに遭わないように音楽室を見張ってればいいんですねっ！」

「ええ、そうです。僕はその間にこの問題を解決できないか、すこし行動してみます」

「はいっ！　任せてくださいっ！」

南は腕をあげて力こぶを作るしぐさをしてみせ、元気よく保健室を飛び出していった。

……あの娘の使い方にもずいぶん慣れてきたものだ。

あらためて俺は立ち上がり、保健室を出た。


美夏は相変わらずベッドの上にいた。病室に入ってきたのが俺だと見てとり、緊張した様子で目をそらす。

「今日は……何かしら」

「下澤沙耶香さんのことでお聞きしたいことがあります」

「え……下澤さん……？」

「ご存じですね？　金髪の」

「ええ――もちろん、知っているけれど」

「いじめに遭っているようですね。あなたに何かと相談に乗ってもらっていたと」

「ええ。相談、というよりは、保健室で保護していたようなものだけれど」

「美夏さんは問題の解決をはかろうとはしなかったのですか？」

「……努力はしたけれど、…………ムダだったの」

痛いところをつかれたのか、美夏の表情が歪む。

「下澤さんは、お父さんしかいないんだけれど、そのお父さんが教育に……というか下澤さん自身にあまり関心を持っていないみたいなの」

痛ましげに美夏は表情を歪めた。

「なんだか、下澤さんって……仲哉くんに似てると思う」

「……！」

「だから私、彼女のこと放っておけなくて――……きゃっ！」

美夏の頬を張ると、小気味のいい音が響いた。

「僕を哀れんでくださっているわけですか――何様のつもりだ！」

「！　……し、仲哉くん……ちがう…………私そういう意味で言ったわけじゃ」

「うるさいっ！」

もう一発頬を張ると美夏はまた悲鳴をあげてベッドに倒れ込む。

「ご、ごめんなさい仲哉くん……許して…………」

「俺を名前で呼ぶなっ！」

その名で俺を呼ぶ資格は、今のこの女にはない。

(仲哉か――あれはもう用済みだ。美夏、これからはおまえに役に立ってもらおう)

(元気出して仲哉くん。これ、元気になれるお守り)

あの日。美夏は剛三に媚《こび》を売り、何食《なにく》わぬ顔で俺にお守りとやらを渡そうとした。

慰められなければならない原因を作った当の本人が。

そして今度はこれか。どこまでも自分勝手な偽善者が――。

「自分の立場を体で覚えてもらおうか」

「ひぁ……っ、だ、だめっ！　いやぁぁ……っ！」

前戯《ぜんぎ》などしてやりはしない。俺にはいつどんな時でも美夏に尻《しり》をさし出させる権利がある。

パジャマを引きはがし、むっちりと肉のついた尻をむき出しにして、白くきめのこまかな肌に包まれた太腿《ふともも》をわしづかみにして押し広げる。

まだ全《まった》く濡れていない、くすんだサーモンピンクの割れ目に、俺は無理矢理に自分の分身をねじこんでいった。

俺に犯され、そのくせ結局最後には感じて乱れよがった自分を恥じてすすり泣く美夏の姿にかなり溜飲《りゅういん》を下げ、俺は病室を出た。ついでに自分の執務室に立ち寄り、パソコンを起動する。せっかくここまで来たのだから下澤のデータを確認しておこうと思ったのだ。

しかし、俺が打ち込んだ「下澤沙耶香」という名に対して返されてきたのは、「登録がありません」という不可解なエラーメッセージだった。

登録がないとは——どういうことだ。医療ネットワークの導入にともなって制定された医療法は住民の医療ネットワークへの登録を義務づけている。十数年前ならいざ知らず、今、医療ネットワークに登録をしていない人間などあり得ないというのに。医療法のおかげで、住民登録をしている人間で医療ネットワークへの登録のない者には登録を行うよう勧告がなされるシステムになっている。

……下澤沙耶香は、住民として登録されていない——法律上はどこにも存在しない人間だ、ということなのだろうか。

「あっ！　先生ー！　おかえりなさーい！」

疑問を抱えたまま病院をあとにし、学園へ戻ると保健室では南が悠然とお茶をすすっていた。俺はいくらか眉《まゆ》を寄せる。

「下澤さんを見守っていてくださいとお願いしませんでしたか？」

「はい！　でも先輩、今日は早めに部活切り上げて帰っちゃったので。それで先生が戻ってくるのを待ってたんです」

「ああ——そうでしたか。それは失礼しました。……それで、何か事件が？」

「いえ、とくにはなにも」

かぶりを振った南に、俺はそうですか、それはよかった、と返した。どうやら外出している間に仕事は入って来ていなかったようなので帰り支度をはじめる。

「ねえ？　先生？」

背後から南が声をかけてきた。

「なんですか？」

「先輩のお父さんってどんな人だと思います？」

唐突な問いに俺はふり返り、南を見た。南はどこかいたずらっぽい顔で俺の表情を観察するようにじっと見ている。

「……南さん？」

「はい」

「なぜ僕にそんな質問をなさるのですか？」

「え……えーっと………」

切り返した俺に南は視線をそらして、天井へとさまよわせた。

「先生、どんな反応するかなあ、って思って」

「僕の反応を見るために、なぜ下澤さんのお父さんの話を出すんですか」

「えーと……やだなあ、先生。そんなこわい顔しないでくださいよぉ」

「ごまかさないでください」

「う……」

南は口ごもり、もごもごと口を動かす。

「私、さっき音楽室を見張ってたら真理ちゃんに声をかけられて。下澤先輩のこと知りたいの？って言うから、うん、って言ったら」

「朝野さんが――？　なんと言ったのですか」

「だから。先輩のお父さんってどんな人、って」

「なんですか、それは」

話の脈絡がまったくつながっていない。下澤のことを知りたいのか、という問いに頷いたならなんらかの情報提供があったはずだろう。なぜそれが下澤の父親に対する質問という形で戻ってくるのだ？

「私にもわからないんですよ～。なんか、真理ちゃんじっと私のこと見てるだけでなんにも言わないし。知らないならいい、とか言って帰ってっちゃうし。だから私も、同じこと先生に言って真理ちゃんと同じことしてみたらわかるかなぁ～～、って思って」

「……わかりましたか？」

「ぜーんぜん」

「僕もです。理解しがたい人ですね、朝野さんは」

南に話を合わせて頷きながら、俺はその言葉に妙な符合《ふごう》を感じていた。

美夏は下澤の父親は娘に興味を持っていない、と言っていた。

下校時刻になって南を帰らせ、俺は保健室のパソコンの電源を入れる。学園生のデータから下澤のものを呼び出して表示させる。父親の名は下澤幸雄《ゆきお》、勤務先は南條大学付属研究所とあった。

南條大学付属研究所——オーダーメイド医療発祥の地だ。親父《おやじ》はかつてこの研究所に所属していて、オーダーメイド医療に関する論文を発表し、一躍《いちやく》世間の注目を浴びた。

いや——それは関係のない話だ。親父はすでに研究所をやめているし、よしんば下澤の父親と同僚であったとしても下澤の家庭になど関係を持つような男ではない。第一、あんな男のことなど、思考するだけで時間の無駄《むだ》だ。

しかし、母親のいない下澤にとって父親は唯一の家族だ。情報は集めておくに越したことはないだろう。

翌日の放課後、俺は南に下澤をいじめているグループの調査を命じた。もちろんそれはあくまでも建前《たてまえ》で、目的は南を俺と音楽室から遠ざけることではあったのだが。

音楽室からは、柔らかなフルートの音色が流れてきていた。聞き覚えがあるような、ないような曲だ。

「下澤さん」

「あ……大城先生……」

声をかけると下澤はほんのりと頬を赤らめ、会釈《えしゃく》を送ってきた。

「すみません、お邪魔をしてしまって。どうも、あなたのことが気になってしまって」

「え……？」

かるく下澤の肩がはねる。どきっとしたらしい。内心の動揺が簡単に表に出る娘だ。

なるほど——これではいじめてやりたくもなるだろう。

「今、演奏しておられた曲は？　なんという曲ですか。とてもきれいな曲ですね」

「曲名は、知らないんです……。父が一度だけ教えてくれた曲で」

「一度だけ？　にも関わらず覚えていらっしゃるのですか？」

「ええ。……私、記憶力には自信があるんですよ」

そう言って下澤はちょっとだけいたずらっぽく笑う。どうやら昨日いじめっ子から救い出したことでだいぶ俺には打ち解けた気持ちになっているようだ。

「ほう——素晴らしいですね。ですがお父さんが教えてくれたのはなぜ一度だけなのですか？　一度で覚えてしまうほどの才能があるのなら、もっといろいろと教えたくなるのでは」

「あ………」

下澤の顔から笑みが消えた。困ったように視線をそらし、身を縮めるようにする。

「私……ち、父のことは……その、苦手《にがて》で」

「苦手？」

「あの、……はい……」

恥じ入っているかのように下澤はさらに身を縮める。その理由を察して、俺は笑った。

父親といい関係にないことが、下澤にとっては負い目なのだろう。

ならば、それを逆手にとってやろう。

「そうなのですか。……じつを言いますと、僕も自分の父親が苦手でしてね」

「え——……先生、も？」

「はい。父にとって、どうやら僕は不要な子供のようでして。子供の頃からほとんどかまってもらったこともありませんし」

苦笑いを浮かべてそう言ってやる。下澤はごくりとつばを飲み、おそるおそるといった様子で身を乗り出してきた。

「あの、先生……。……今でも、お父さまは苦手でいらっしゃるんでしょうか？」

「今ですか？　ええ——そうですね。子供のころからしみついた苦手意識は消えません」

「そうなんですか……」

心なしか下澤はほっとしたように見えた。それが俺の狙《ねら》いだ。こんな悩みを持っているのは自分だけではないのだ、という安堵《あんど》を与え、俺への親近感を増させることが。

「ところで」

下澤が気を許してきたところで、さらに切り込む。

「音楽部はたしか、部員はあなた一人だとお聞きしました」

「あ……はい……」

また下澤はうつむいてしまった。

「渡良瀬先生が部員になりそうな下級生を紹介してくれるって言ってくださって」

「そのかたは？」

「説明をしてほしいというメールが来て、指定された場所へ行ったんですけれど、すれちがったみたいで……会えなくて。結局、誘いませんでした。それに……悪い……かもしれないし」

言葉の後半は半ば独《ひと》り言《ごと》のような小声だった。

そういえば下澤と親しくなるとその人物までいじめられる、という噂《うわさ》があった。それで部員も下澤一人だし、下澤も新しい部員を勧誘することをためらっているのか。

「お友達を誘うとかなさっては？」

「いません、から……。……昔は、いたんですけれど」

「それは残念ですね。では僕がどなたかご紹介しましょうか。……そうですね、僕の知っている学園生に朝野真理さんという人が」

「…………っ！」

鋭く下澤が息を呑《の》んだ。顔色も変わっている。朝野が下澤の父親のことを話題に出したからには二人の間には何か関係があるだろうと思ったが――的中か。

「朝野さんをご存じなのですか？」

「え？　い、いえ……そういう、わけでは……。あの、なんでも、ないので……」

「すみません。僕はなにか失礼なことを言ってしまったようですね」

心にもないことを、さも申し訳なさそうな表情を作って告《つ》げる。下澤は慌ててかぶりを振った。

「気にしないでください、先生。ほんとうに、なんでもないので」

「そうですか？　では……もうすこしお話をさせていただいてもよろしいですか」

「あ……。……はい！」

俺の申し出が意外だったのか下澤はかるく目を見開いたが、すぐに笑顔になった。

もう少し下澤と話をしたい、それを口実に俺は下澤を保健室へ誘った。お茶を出してやり、下澤の気持ちをほぐしてやる。

「趣味ですか？　……たぶん、音楽……じゃないかと思います」

雑談を交えながら徐々に話を下澤の個人的な情報へ向けていった。下澤は俺に誘導されていることには気づかずに口を開く。

「というか……音楽を続けていれば……一番楽しかったころに戻れるんじゃないか、って……そう思っているのかもしれません」

「一番楽しかったころというのは？　お父さんに音楽を教わったころ？」

「ええ……お父さんがいて、おじさんとおばさんがいて、友達もいて。みんな一緒だった——あれが、たぶん私の、最後の楽しい記憶です」

ふっと、下澤の表情がかげる。

「おじさんとおばさんが、いなくなったから……お父さんは私のことをもういらない、って……言ったの」

沈痛な声でそう呟き、そして下澤ははっと口元をおさえる。

「ご、ごめんなさい……私、こんな、暗い……話をしてしまって。せっかく、楽しいお話の最中だったのに」

「かまいませんよ。僕はむしろ、沙耶香さんの本当の気持ちを聞かせてもらったような気がして嬉しかったです」

さりげなく、俺は下澤を名前で呼んだ。それからはっとした表情を作る。

「すみません——馴《な》れ馴《な》れしく」

「いいえ……いいです。あの、もしよかったら……そう呼んでください……」

「よろしいのですか？　では——これからは沙耶香さんとお呼びします」

「はい。……あの、先生、私……そろそろ、部活に戻ります」

顔どころか耳から首筋にかけてまでを真っ赤にして、下澤は逃げるように保健室を出ていった。男に名前を呼ばれただけでそこまで意識するというのも今時珍しい。まあ——せいぜい利用させてもらうが。

しかし——下澤の言っていたおじとおばというのはどういった人物なのだろうか。下澤の父方の兄弟なのか、母方の兄弟なのか。先刻朝野の名前を出した時の様子からいって友人というのは朝野だろうが、そのおじおばと朝野、下澤の関係もよくはわからない。それに、できれば二人が本当に子供のころ友達だったという証拠もほしい。

大切な友達だったのなら、写真の一枚も持っていないだろうか。今、下澤には友人が皆無といっていい状態なのだから、子供の頃の写真を大事に持ち歩いている可能性は高い。

下澤は部活に戻ると言っていた。ということは教室に鞄《かばん》を置いたままだろう。

さぐってみるか——。

下澤の教室に足を踏み入れると、そこにいた人物がふり返った。

制服の上に羽織ったクリーム色のカーディガン。表情に乏しい顔つき。そして無感動な瞳《ひとみ》がこちらを見る。

「…………朝野さん。……こんなところで、何を？」

「さあ」

「何か捜し物ですか。上級生の教室で」

「べつに」

ぼそりと呟き、朝野は俺の存在を無視して教室を出て行こうとする。と、戸口で立ち止まってふり返った。

「知りたい？」

「はい？」

「わたしがここにいる理由」

「そうですね。お聞きできるなら」

「後遺症。十二年前の事故の」

「……は？」

「先生、許せないことってある」

「……なんの、ことですか？」

「…………」

無表情な一瞥《いちべつ》を俺に投げ、朝野はそのまま立ち去っていってしまった。

なんなのだ、あの女は。自分から聞きたいのかと話を振って——

待てよ。

ついこの間、同じようなことがあった。やはり朝野が、南に、何かを教えるようなことを言って実際には謎《なぞ》かけのような言葉を発して。

十二年前の事故。許せないこと——。

十二年前になんらかの事故があり、朝野は後遺症を負った。それが許せない、そういうことだろうか。だが事故など毎日のように起こっている。特定できるだろうか。

検索をかけるなら病院のほうがいいだろう。病院のネットワークはマスコミのものにもリンクしている。

ちょうどいい。どうせ下澤の父親のことも調べなくてはと思っていたところだ。下澤が医療ネットワークに登録されていない件も、もう少し調べる必要がある。

下澤の荷物を検査するのはあとに回して、俺は病院へ向かった。

そして病院の執務室で。俺はさらに不可解なデータを目にすることになった。

下澤沙耶香の父親、下澤幸雄は医療ネットワークのデータ上では未婚ということになっていたのだ。その上、調べてみるとデータは十二年前から更新されていなかった。

通常であれば考えられないことだ。たしかに下澤幸雄が未婚であるなら、その娘である沙耶香がデータとして存在していないのもうなずけることではあるが、学園のデータには下澤沙耶香は下澤幸雄の娘として存在している。

学園で集められたデータは定期的に病院にフィードバックされている。病院のデータはもちろん医療ネットワークにつながっている。そこで齟齬《そご》があれば照合の上訂正されるはずだというのに——医療ネットワークの母体ともいうべき研究所の職員がなぜ。

考えられることは一つだけだった。なんらかの超法規的措置だ。逆に医療ネットワークの母体である研究所の職員だからこそ、何かしらの実験やケーススタディのモデルとしてデータの更新をしないことを認められているのかもしれない。

もう一つ気になるのは。その更新が途絶えているのが十二年前からだということだ。十二年。それは朝野が口にした言葉と同じだった。

医療ネットワークからマスコミのデータベースに接続し、検索をかける。十二年前の記事に限定して、キーワードは事故・後遺症・下澤・朝野——こんなところだろうか。

しかしキーワードに該当するデータは存在していなかった。検索範囲を広げるためにキーワードを減らして再度検索をかけていく。

後遺症、という言葉を抜いて検索をかけた時だった。

「一件の該当記事があります」

ようやくデータベースが反応を示した。すぐさまその記事を表示させる。

それは轢《ひ》き逃《に》げ事件の記事だった。

被害者は二名。朝野昇《のぼる》、そして妻の朝野眞子《まこ》。被害者はともに即死、目撃者がいたが犯人につながる手がかりは記憶しておらず、捜査は難航している、とあった。

目撃者は被害者の同僚、下澤幸雄の娘――。

なぜか沙耶香の固有名詞は出て来なかった。沙耶香が公式の記録には存在しないためだろうか。朝野夫妻も、遺族は娘が一人、と書かれているだけだから、どちらも幼かったために実名表記を避けたのかもしれない。

朝野と、下澤。幼い娘が二人。この二人の少女が朝野真理と下澤沙耶香ではない可能性は限りなく低いだろう。

(そうか――!)

やっと、得心がいった。下澤は「叔父《おじ》さん」あるいは「伯父《おじ》さん」と言ったのではなく、「小父《おじ》さん」と言っていたのだ。仲のいい友達の両親なら、当然そう呼ぶ。

問題は朝野の残したもう一つのキーワード、「後遺症」だが。関連記事をいくら検索してもそれらしき記述は出て来なかった。朝野夫妻の名前で医療ネットワークのデータを検索もしてみたが、わかったのは二人がやはり研究所の職員であったことと、そして遺伝子データが死亡により破棄《はき》されていることだけだった。二人が研究所につとめていることは新聞記事にもあった。目新しい発見ではない。

念のために記事をプリントアウトし、俺は病院をあとにした。

学園へ戻ると、保健室の机《つくえ》の上に、俺あてのメモが置かれていた。取り上げて読んでみると、南が置いていったものらしい。

笑いがこぼれた。

これは、――使えそうだ。

「…………あ」

帰宅しようと保健室を出たところで、ちいさな声が聞こえた。顔をあげると、下澤だ。

「沙耶香さん。まだお帰りになっていなかったのですか」

「はい……。今から、帰る……ところです」

「そうですか。では玄関までお送りしましょう」

笑いかけると、下澤は頬を染めて嬉しそうに頷いた。

肩を並べて一緒に廊下《ろうか》を歩く。

「そういえば――沙耶香さん。あなたの子供の時の写真があったら、今度見せてもらえませんか」

「え？　わ、私の……ですか？」

「だめでしょうか？　きっと、ひどく愛くるしい女の子だったのではないかと気になって仕方がないのですよ」

「先生……くすっ……」

おどけてみせた俺の言葉に乗せられて下澤は笑い声をもらす。そしてちょっと恥ずかしそうにうつむいた。

「あ、あの……今、持っています……けれど。ごらんになります……か？」

「いいのですか？　ええ、ぜひ拝見したいです」

思ったとおりだ。俺は顔を輝かせて頷く。はにかんだように笑って、下澤は制服のポケットから一枚の写真を取り出した。

「………？」

そこには、二人の少女が写っていた。おそらく、おとなしそうな少女のほうが下澤だろう。しかし――髪が。金髪ではない。

「そういえば、昔は髪の色が黒かったとおっしゃっていましたね」

「え、ええ……。遺伝なのか、どんどん色が抜けていってしまって」

そんな遺伝があったろうか。馬には芦毛《あしげ》というものがあるが。

「隣が当時仲のよかったお友達ですか」

「あ、……は、はい……」

また下澤の表情が曇った。だがそんなことは俺にはどうでもよかった。

やはり、下澤と一緒に写っていた「友達」は朝野だった。活発そうな笑顔は、とうてい今の朝野の無表情からは想像がつかないが――。

(後遺症。十二年前の事故の)

もしかして。あれはそういう意味だったのだろうか。

「沙耶香さん――。もしよかったら、この写真、貸していただけませんか。今少しだけ拝見してすぐお返ししてしまうのはあまりにもったいない」

「え………。あ、あの……はい。先生が、そうおっしゃるのでしたら……」

「ありがとうございます」

下澤が頷いた隙《すき》を逃さず、俺は写真を自分のポケットにおさめる。

ちょうど玄関に着いた。いいタイミングだ。

「では、沙耶香さん――また明日」

「……はい。さようなら」

控えめな、だが嬉しそうな笑みを浮かべて、下澤は会釈をすると下校していった。

手入れの行き届いた金髪が遠ざかっていくのを見送って、俺は職員用の出入り口へ向かう。

これでほしかったものはすべて手に入れた。あとは最後の準備をするだけだ。

「あ——先生！　大城先生！」

「……ん？」

ふいに俺の名を呼んだ声に足がとまった。ふり返ると俺のほうへ駆け寄ってくる少女がいる。

見た覚えのある顔——美夏が隠していたファイルの最後の一人、水泳部の茜《あかね》のぞみだ。

「僕に何かご用ですか？」

「大城先生ですよね？　新しい保健の先生」

「はい——そうですが？」

「ボク、茜のぞみって言います！」

はきはきした口調だった。男の子っぽい口調だったが、髪に結んだ大きなリボンが少女らしさを強調している。

「あの、ボクのこと、渡良瀬先生に聞いてませんか？」

前置きもなしに、茜はそう言った。俺はいささか面食らってまばたきをする。

「いえ……申し訳ありませんが」

「えー？　そう、ですか……。……困ったなあ……」

「なんでしょうか？　何かお役に立てることがあるのでしたらお話を伺いますよ」

「えーと……」

茜は困ったようにうつむく。

「あの、ボク、渡良瀬先生にもらってるお薬があって。足の薬なんですけど、それがもうそろそろなくなりそうなんです。だから新しいのをもらおうと思って」

「ああ――そうなのですか。渡良瀬先生が、あなたに」

納得したような顔を作って頷きはしたが、俺は内心では首をひねっていた。

茜は、保健室から頭痛の薬をもらっていたような気楽な口ぶりだ。しかし、そうしたものならとくに美夏から俺に引《ひ》き継《つ》ぎは必要ではない。そして一方で、処方箋《しょほうせん》の出されている正規の薬であれば、なにも美夏が手ずから茜に渡す必要もないのだ。病院なり薬局なりへ行って、自分のカルテから前回と同じ薬を出してもらえばいい。

これは何かある。それは直感だった。この件を調べ始めて初めて、薬、という単語が出てきたのだ。何かあるに決まっている。

もしや、その「薬」が例の媚薬《びやく》ではないのか。

「では僕から渡良瀬先生にお聞きして、お渡しできるようにしましょう。……もし、その薬、予備をお持ちでしたら何錠《なんじょう》かお預かりできますか。もし渡良瀬先生にお会いできなくても、分析して同じ薬を発行することもできると思いますから」

「あ……はい。持ってますけど、…………その、残りがあんまりないんで、早めにお願いできますか。ボク、この薬ないと、すごく困るんです」

「はい、わかりました。どうぞご安心ください」

鷹揚《おうよう》に頷いてやると茜はほっとしたように息をついて、ポケットをさぐった。小さなガラス製の薬ビンを取り出す。いつも持ち歩いているらしい。俺はハンカチを広げて、そこに数錠の錠剤を受け取った。

「では必ず、近いうちに。安心して待っていらしてください」

「はい！　よろしくお願いします！」

元気よく頷き、礼儀正しく頭を下げると茜は再び小走りに去っていった。きびきびとした動作だ。たしか水泳部に入っているとファイルにあった。たしかに運動部員らしい身のこなしだ。

しかし、この薬の件は後回しだ。まずは下澤の件を片づけてしまおう。

今度こそ、俺は職員用の出入り口へ向かい、そして明日にそなえて帰宅した。

音楽室からはかすかに罵声が聞こえてきていた。合間にさらにかすかに、下澤の悲鳴らしき声も聞こえる。予定通りの展開に、俺は笑みを浮かべた。勢いよくドアを開ける。

「だから生意気なんだって言っててん………あ！」

「またきみたちですか。いい加減にしたらどうですか」

険しい声と表情を作っていじめグループをねめつける。

「これ以上こうした行為を続けるのであれば、僕にも考えがありますよ」

それが、決めておいた合図だった。

「どうする？」

「……いいよ、やっちゃえ！」

「わかった！」

次々に、いじめグループの学園生たちが俺に殴りかかってくる。はねとばすことは不可能ではなかったが、俺は敢《あ》えて殴打を受けた。後頭部を強打され、意識が遠のいていく。

（くそ……思いきり、やりやがって………）

ばたばたと逃げていく足音を遠くに聞きながら、俺は意識を手放した。

「……せ、…………先生……」

泣き声が、俺の意識を現実へと引き戻した。

「う、ん……」

呻《うめ》いて、目をあける。

意識を失っている間に、俺は保健室へ運び込まれていたようだった。

——計算どおりだ。

南が俺の机に残していったメモには、どうやって調べ上げたのか下澤をいじめているグループの氏名が書かれていたのだ。俺は昨夜のうちにその学園生たちに匿名《とくめい》で連絡を入れ、今日再び下澤をいじめること、そして教師が踏み込んで来て合図のセリフを言ったら殴りかかって逃げろ、さもなくばいじめの実態を暴露して退学に追い込む、と脅《おど》したのだ。

痛む頭をおさえて、起きあがる。

「ああ……先生！　よかった………」

半泣きの顔でのぞきこんでいた下澤の瞳に、大粒の涙が浮かんだ。

「ご無事、ですか……沙耶香さん」

「は、……はい……。ありがとう、ございます……」

さて、もうひと押し、だめ押しをするか。

「よかった……あなたが無事で」

弱々しい声でそう呟く。

「あなたを守れて……嬉しいですよ」

「そん、な……！」

わっと下澤は泣き出した。

「私……守ってもらえるほどの人間じゃないのに……」

「何をおっしゃっているんですか。私なんか、などという言い方をしてはいけませんよ。もっとご自分を大事になさらないと」

「先生は、……ご存じないんです。私、そんなふうに大事にしていただく資格なんか、ほんとうは……ないんです………」

しゃくりあげながら下澤が頭を振る。

ふ、と俺は笑った。

「それは――あなたが友達を手ひどく裏切ったから、ですか？」

びくん、と大きく下澤の体が跳ねた。

ゆっくりと、俺は多少の名残惜《なごりお》しさを感じつつ下澤の腕から抜け出し、起きあがった。

涙に濡れた瞳が信じられないという表情で俺を凝視している。

からりと、保健室のドアがあいた。

「先生――呼んだ？」

「…………っっ！」

いいタイミングで最後の仕掛けの登場だ。俺はゆっくりとふり返り、無表情な瞳に微笑みを返した。

「お待ちしていましたよ。こちらへ」

招くと、朝野はすたすたと俺と下澤のほうへやって来る。

「なに」

「ご紹介します。こちらは下澤沙耶香さん。沙耶香さん、こちらは朝野さんです」

わざとらしく引き合わせたが、下澤の耳には入っていたかどうか。

「真理、ちゃん……」

かすかな、かすれた囁《ささや》きが下澤の唇からもれた。

朝野は感情のない瞳で下澤を見、そして俺へ視線を転じた。

「なんの用」

「こちらの下澤さんは音楽部なのですが、部員は彼女一人だけなのだそうです。そこで僕が部員を紹介しようと思いましてね。どうですか、朝野さん。音楽部に入りませんか」

「入らない」

にべもない返事だった。

「用ってそれだけ」

「ええ……まあ、それだけです」

「じゃあ帰る」

見事なほどにそっけなくそう吐き捨てると朝野はくるりときびすを返し、保健室を出ていった。別の展開を予想していなかったわけではないが――まずはこれで十分だ。

下澤の表情を確かめる。下澤は俺の視線にも気づかず、立ち去る朝野の背を食い入るように見つめている。

さて――仕上げだ。

「何年ぶりですか、正面から朝野さんと顔を合わせたのは」

「……？」

びく、とまた下澤は震えた。ひどく怯《おび》えたような瞳で俺を見、首を左右に振る。

「な、……何を、おっしゃっているのか、わかりません……。わ、私、今の人とは……初対面、です、から……」

「ですが、あなたは彼女の名前を呼んでおられましたよ」

「そ、それは……だって先生が、おっしゃったから」

「僕は、あなたのことは下澤沙耶香さんと言いましたが、彼女のことは朝野さん、としか言いませんでした」

朝野の登場で驚愕《きょうがく》していた下澤は、そこまでは気がついていなかっただろうが。

「あなたが話していた、昔、とても仲のよかったお友達が、朝野さんですね？」

「ち、……ちがい、ます……！」

「沙耶香さん」

下澤の声を俺は遮った。

「あなたには、とある噂があると聞きました。あなたと親しくするといじめに巻き込まれる、という」

「は……はい…………」

「事実なのですか？」

「……わかりません…………」

「僕は、事実だと思っています。現に僕もこうして今」

「ごめんなさい……」

「謝ることではありません」

身を縮めてすすり泣く下澤をそっと抱き寄せる。

「僕はこんな暴力になど屈しませんよ。ずっとあなたと一緒にいてあげたい。あなたを守ってあげたい。……どこにも行きません。ですから、そんなに怯えないで」

「せ、んせい……？」

「大丈夫ですから。僕に、話してください——朝野さんとの間にあったことを」

下澤は唇を噛《か》んで、目をそらした。

今、下澤の心の内では大いなる葛藤が戦っている。俺への罪悪感、そして俺への好意と執着。親に見捨てられ、親友にも愛想をつかされた下澤にとって、俺の誘惑は抗しがたい魅力を持っているはずだ。

「なぜ、僕がこれをお聞きするのか、お話ししましょう」

抱きしめた下澤の耳元に囁く。下澤は身動きをしなかったが、俺の声に神経を集中していることはよくわかった。

「あなたの噂が事実だと僕が思っているのは――先ほどの事件のことだけではなく、もう一人、あなたに親身になったせいで大けがをした人を知っているからです」

「え……？」

さすがに顔をそむけていられなくなったらしく、下澤が見上げてくる。

「誰《だれ》、ですか……」

「僕の前任の保健医――渡良瀬美夏さんです」

「……………！」

下澤は大きく息を呑んだ。

「そん、な……どうして…………」

「僕は、渡良瀬先生の事故は人為的なものだと思っているのです。いくつも、証拠も握っている。しかし動機がわからずにいました。ですが……あなたのことを知って、それにも納得をおぼえたのです。なぜなら——犯人は朝野真理さんだからです」

下澤の瞳は張り裂けんばかりに見開かれて、俺を凝視していた。もう言葉を発することもできないらしい。

「朝野さんはあなたを恨んでいる。昨日見せていただいた写真ではあれほど無邪気な笑顔を浮かべていた朝野さんが、あんな冷たい目であなたを見るようになるほどに。それは、朝野さんのご両親の事故に関係があるのではないのですか？」

俺は新聞記事のプリントアウトを取りだして、下澤の目の前へさし出した。

「ここに書いてある目撃者——下澤幸雄さんの娘、とはあなたですよね？　あなたは警察には何も覚えていないと証言したそうですが、それが嘘《うそ》だったとしたらどうでしょうか。両親を殺した犯人をかばうあなたに、朝野さんは愛想をつかし、そして機会があればあなたにも同じ苦しみを味あわせようと考える——自然なことだと思います」

「わ、わた、し……本当に、覚えて……覚えていない、ん……です……」

「それはあり得ませんね」

うすく、俺は嘲笑を浮かべた。

「あなたは、一度聞いただけの音楽を完璧《かんぺき》に覚えてしまうほど記憶力がいいのではなかったのですか？」

幾度めかに、下澤は言葉を失った。

かすかに体を震わせるほかは凍り付いたように動かない下澤の鼓膜《こまく》に、声を注ぎ込む。

「なぜ、轢き逃げ犯人をかばったのですか？　友人を裏切ってまで」

「私………」

「これも、僕には推論が立っています。あなたは片親だ。母親がいない。もし、この上父親まで失ったら、あなたは一人ぼっちになってしまう。まだ幼いあなたにとって、それはさぞや恐怖だったことでしょうね。だから——轢き逃げ犯を、あなたのお父さんを告発することはできなかった。……ちがいますか？」

下澤は何も言わない。俺は下澤を抱きしめる腕にやんわりと力をこめた。

「大丈夫ですよ。——僕は全《すべ》てを知っていて、それでもあなたを守りたいと思っているのです。ですが僕を信じて、僕の想《おも》いを受け入れて、全てをさらけ出してくれなければ、あなたを守ってあげることはできません。……大丈夫。僕がずっとあなたのそばにいてあげます。だから、おそれずに、言ってください……沙耶香さん」

下澤の体の震えが大きくなっていった。しまいにはおこりにかかったかのようにがくがくと震えはじめる。

「私…………私、一人になりたくなかったの……」

「ええ」

「一人に、なるのが……こわかった。だから、……お父さんがあんなことしたなんて、言えなかった……。…………なのに」

「おまえはいらない、と——言われてしまったんですね、お父さんに」

それが、下澤が耐えることのできた限界だった。わっと泣き出す。

「真理ちゃんが……真理ちゃんがもういい、必要ない、って……！　お父さんは研究所から帰って来なくなっちゃうし……真理ちゃんもいなくなっちゃって——もういやなの。もう一人になりたくないの……だから、それならはじめから一人のほうがいいの……」

「僕がいますよ」

ここまで、この女を取り乱させているのは俺の言動だ。驚愕させ、罪悪感を背負わせ、追いつめ、混乱させ、怯えさせている。じつにいい気分だ。

「僕を頼りなさい。僕がずっと一緒にいてあげますから」

「ぅ……んっ…………」

顔を上向かせ、唇を合わせる。震える唇を舌先で割り広げ、縮こまった舌をさぐって吸い上げた。下澤の体に、それまでとはちがう戦慄《せんりつ》がはしる。

「もう泣くのはやめて。僕がいますよ」

「先、生……」

先ほどまで俺が横たわっていたベッドに押し倒していっても、下澤は逆らわなかった。

「先生……。私と、一緒に……いて、くれるの……？」

「ええ、そうですよ。ですから安心してください」

横たえた下澤のブラウスのボタンをはずしていき、フロントホックのブラをはずす。ぷるん、と釣《つ》り鐘《がね》型の乳房が転げ出た。

「いやですか？　……きれいなおっぱいだ」

「あっ……」

羞恥心《しゅうちしん》を感じているのか、下澤はいくらか顔を歪める。ほのかに、頬が赤い。

「あ………」

両手ですくいあげ、唇を寄せると下澤は細い声をもらした。

「いや、じゃ……ないです………嬉し、い……」

「僕も、嬉しいですよ。こんなに美しい人が、僕のものになるなんて」

「せ、ん……せい………あぁ……私、恥ずかしい……」

「恥ずかしがることはありません。ああ、もう乳首がコリコリと固くなってきましたね」

「い、いや……恥ずかしい……言わないで………」

耳たぶまで真っ赤に染めて、下澤は首を振る。それでも俺の手を阻《はば》もうとはしない。

俺の手の中で下澤の乳首はぴんと勃《た》ちあがっている。両の乳房を揉《も》みしだきながら、一方の乳首の先端に唇を寄せて、そしてきゅっと吸った。

「はぁん……っ」

清純そうに見えて、じつは相当に自分で慰めてでもいるのか、下澤は甘えた声をもらして白い喉《のど》をそらした。すでに呼吸が弾《はず》んでいる。

「せん……せ、え………」

「かわいいですよ、沙耶香さん。敏感なんですね。……こちらは、どうでしょうか」

「ぁ、あっ！　そん、な……あぁ……っ」

スカートをまくりあげ、ショーツの中へ手をさし入れると下澤は体を大きくよじった。

しかし俺の指先はたっぷりとしたぬかるみに迎えられる。

「もう、こんなに濡らして……？　ほんとうに、沙耶香さんの体はいやらしいですね。素敵ですよ……」

「はぁぁ……あ、だ、め………」

指を二本に増やし、ぬかるみをかき混ぜると下澤は全身をぴくぴくと震わせる。本当に――ひどく淫乱《いんらん》な体だ。よほど毎晩寂しくて仕方がなかったと見える。

俺に騙《だま》されているとも知らずに――そう思うと、笑いをもらさないようにするのがひと苦労だ。

「沙耶香さん……あなたがほしい…………いいですか」

「は、い……。先生、私も……先生の、ものに……なりたい、です………」

感じているのを恥じらっていたわりに、大胆な発言だ。いや――それだけ必死なのだろう。今度こそ、すがった相手に捨てられまいとして。

ショーツを取り払い、怒張して脈を打つものを下澤のその部分にあてがう。

「息を吐いて——体の力を抜いてください」

「は、い……」

潤滑剤は十分だ。場所を定め、一気に体重をかけて貫く。

「ひぁ……っ？　い、いたっ……ぁあっ！」

下澤が鋭い悲鳴をこぼした時、俺は処女膜がぶっつりと裂ける感触とともに根本まで肉棒を下澤の胎内《たいない》へ押し込んでいた。

「沙耶香さん……一つに、なりましたよ。とても……気持ちがいいです……」

「は、はい……せん、せい……く、っ……」

感じやすい体をしてはいてもさすがにはじめてでは衝撃は大きかったのだろう。涙目になりながら、しかし下澤はけなげに激痛に耐えている。

「私、も……嬉しい……先生……」

「腰を、動かしてみてください——僕の動きに合わせて」

「はい……ぅんっ、……いた、……ぁ、……先生……」

破瓜《はか》の痛みに耐えつつ、それでも俺の意を迎えようともぞもぞと腰をくねらせる下澤。

——ほんとうに、ばかな娘だ。

「すぐにあなたも気持ちよくなりますよ」

腰を使いながら下澤の胸元へ手をのばし、まだ尖《とが》ったままの乳首をくりくりといじってやる。下澤は困惑したような表情を浮かべて、どこかがかゆいのをこらえているように身をよじった。

「ぁ、あっ……せん、せえ…………わ、私ぃ……ぁ、あ……なん、だか……ヘン……」

「感じてきましたか?」

「はぁ、はぁ…………あつ、い……体が……熱く、て……はぁぁ……」

下澤の目がとろんととろけてくる。多少ぎこちないながらも下澤の腰は明らかに快楽を求める淫《みだ》らな曲線を描いてうごめきはじめていた。

「ああ……沙耶香さん……」

「あぁっ……? 先生、先生……っ、わ、私……私、なん、だか……あぁっ!」

ついさっき処女を失ったばかりの女とは思えない乱れようだ。だが痛がるばかりで感じない女よりも楽しめる。

俺も激しく下澤を突き上げ、かき回す。俺のものを呑み込んだ肉壺《にくつぼ》がひくひくと震え、まるで触手のようにうねってからみついてくる。

「沙耶香さん、気持ちがいいです……もう、いきそうだ……」

「先生……先生……あ、あっ、私……私、もう……何も、考え……られ、な……あ

っあっ……あふぅっ！　溶け、ちゃう……溶けちゃうぅ……っっ！」

深々と楔《くさび》を打ち込むと下澤は絶叫をあげてのけぞり、激しく痙攣して俺の白濁をその膣内に受け止めた。

第4章　罠

「ですから——なぜここで」

「ここが一番集中できるんですっ！　今日じゅうに仕上げて提出しないと、私《わたし》すごく困ったことになっちゃうんですよぉ～！」

「だからと言ってですね——」

途中まで言いかけて、俺《おれ》は諦《あきら》めた。

放課後になるのを待ちかねていたように、南がなにやら大量の参考書とともに保健室に飛び込んできたのだ。聞くと、レポートの提出期限が今日までなのだという。ここで仕上げるのだと言ってきかないのだ。

南と言い争いをするのは気力と時間の無駄《むだ》だ。そのことはもう骨身に染みて思い知らされている。

「まったく——困った人です。仕方がないですね。早く仕上げてしまってください」

「は～～い。すぐ終わりますから～～」

脳天気な声を背に、俺は保健室を出た。へたに残っていてはレポートの手伝いをさせられてしまいそうだ。南がレポートを終えるまで保健室には近寄らないほうがいいだろう。

しかし——どこで時間をつぶすか。

白衣のポケットに手を入れると、指先に触れたものがあった。先日茜のぞみから預かった薬を包んだハンカチだ。

そうだな——茜の様子でも見に行くか。そう決めて、プールへ向かう。

屋内プールでは、水泳部が熱心な練習の最中だった。ぐるりとあたりを見回すと、茜はプールサイドに座って練習の様子を眺めている。ほかの部員たちは全員プールの中だ。

たしか、ファイルにあった記述では、何かの大会で記録を持っている、将来を嘱望《しょくぼう》された選手だということだったが——彼女だけトレーニングメニューが別なのだろうか。

「茜さん」

「？　あ——先生！」

近寄って声をかけると、茜はぱっと笑顔になった。

「お薬、持ってきてくれたんですか？　わざわざありがとうございます！」

「あ——……いや、そういうわけではないんです」

「え……違うんですか……？」

首を振った俺に、茜はひどく落胆した顔になった。

「すみません。渡良瀬先生となかなか連絡がとれなくて。薬の分析結果もまだ届いていませんので」

適当なでまかせを口にする。どうせこの娘にその真偽を確かめるすべはない。

「そうですか……」

しょんぼりとうつむいて、茜はため息をついた。だがすぐに顔をあげて俺を見る。

「あの……ほんとに。ボク、あのお薬がないと困るんです。絶対に、早く手に入れてくださいね」

「はい、承知しました。……よろしければ、具体的にどのような薬なのかを教えていただけますか。そちらの情報から早めに入手できるようになるかもしれません。たしか、足の薬、とおっしゃっていましたね？」

「はい。あの……ボク、ちょっと足を故障してしまって。だから練習も、ほかの部員とは一緒にはできないんですけれど。その足を治すお薬なんです」

「ほう……なるほど」

妙な話だ、と思った。スポーツ選手の足の故障となれば、それは外科の分野だ。内服薬で回復する故障など、ほとんどあり得ないと言っていいだろう。

美夏に事情を問いただす必要があるな——。

「早く足を完治させて、みんなとの練習に復帰しないといけないんです」

プールへ視線を戻して茜は力のこもった声で言う。

「水泳が、本当にお好きなんですね」

半ば世辞《せじ》のつもりで言った言葉だったが、茜は朗《ほが》らかな笑顔になった。

「ボク、オリンピックに出るんです。——約束したんです、お母さんと」

「お母さんと？」

「はい！　お母さんも、昔水泳の選手で、オリンピックに出たんです。だからボクも、お母さんの夢を継《つ》いでオリンピックをめざしてるんです」

「なるほど――。それは、お母さんも楽しみなことですね」

さらに茜を乗せようとしたのだが――茜はふっと表情をかげらせた。

「たぶん……楽しみにしてくれてると思います。……天国で」

「あ――」

「……あ、気にしないでくださいね？　ボク大丈夫ですから！」

一瞬言葉を失った俺に、茜は明るい笑顔に戻ってフォローを入れる。

「ボクには水泳がありますし。……でも、だからなおさら、お薬がないと困るんです。ちゃんと続けて飲まないと効果がなくなっちゃうって先生に言われたし」

「それは――渡良瀬先生に、ですか」

「はい、そうです」

「……では、僕は責任重大ですね。もう一度、渡良瀬先生と連絡がとれるかどうか、試してみましょう。……お邪魔しました」

「よろしくお願いします！」

「おーい！　茜ーー！」

ホイッスルの音が響いて、水泳部の顧問なのかコーチなのか、若い男の声が茜の名を呼んだ。「はーい！」と返事をし、茜は勢いよく立ち上がる。俺が茜と話しているうちに、水泳部員たちはみなプールからあがっていた。これからが茜の練習時間ということか。

茜が立ち上がったあとのコンクリートが、茜の尻《しり》の形に濡《ぬ》れていた。

話ができないのでは、もうここにいても仕方がない。とりあえず病院へ行って、美夏に話を聞くとしよう。

学園を出る前に一度保健室へ戻る。南はまだレポートをやっているのだろうか——。あの娘がいるといろいろとやっかいなのだが。

幸いなことに、保健室に南の姿はなかった。が——そのかわりのように、朝野がいた。

「朝野さん——ここで何を」

「優月を待ってる」

相変わらずそっけない声だ。

「南さんと待ち合わせですか」

「ううん。優月を手伝ってた。優月は今レポートの提出」

「なるほど——」

「茜のぞみ」

外出の支度をしようと机《つくえ》に歩み寄った背にふいに朝野がそう言って、心臓が跳ねた。

「……なんですか？」

つとめて平静な声を装い、支度を進めながら問いを返す。

「ある時期、急に記録が伸びてる」

「……？　なんのことです」

「知らない」

ふり返ると朝野はふいと顔をそむけ、そのまま立ち上がって保健室を出ていってしまった。南を――待っていたのではなかったのだろうか。

相変わらず勝手な女だ。

朝野の言葉は気になったが、問いつめようとしたところでよほどの情報と証拠を揃《そろ》えた上でなければ朝野は歯牙《しが》にもかけずに無視するだろう。だから追わなかった。

しかし南が戻ってきて朝野がいないとなれば南の被害に遭《あ》うのは俺だ。俺もさっさとここを出たほうがいいだろう。

急いで支度をすませ、俺は保健室を出た。


「…………今日は、なんの用？」

俺の姿に美夏は表情をこわばらせて目をそらした。和《なご》やかな社交辞令を俺と交わすつもりはないらしい。もっとも、俺のほうにもそんなつもりはないが。

単刀直入に用件に入ろう。

「茜のぞみさんが、薬がほしいそうです」

「………」

表情を見られまいとしているのか、美夏はさらに顔をそむけた。

「薬戸棚《やくひんだな》の、一番上の棚の奥に……茶色の小さなビンがあるわ。その中」

「了解しました。――ところで、美夏さん」

「何かしら」

そっけなく、かたい声。俺の存在が美夏に強烈なプレッシャーを与えている。

これだから美夏をいたぶるのはやめられないのだ。

「あれは偽薬ですね」

「……！」

大きく美夏の肩が動いた。

ここへ来る前に俺は執務室で茜のカルテを確認した。もっとも、確認するまでもないことではあったが――。

それ以上に俺の興味をひいたのは、茜の故障に関する記述だった。

重度の筋肉疲労による、筋肉組織の著《いちじる》しい損耗《そんもう》――現代医療での治療は不可能。

つまり、茜に水泳選手としての未来は存在しないのだ。

「どうなのですか？　美夏さん」

「………そうよ」

かたい声で美夏は頷《うなず》く。

「なぜそんなことを？　いずれわかることでしょうに」

「彼女にとって水泳は心の支えなの。今それを取り上げるわけにはいかないわ」

「いつかはわかることですよ？　どれほど薬を飲んでも足はよくならない——不審感がつのる。そうなってから知らされるほうが残酷なことなのではないのですか」

「でも……その間に治療法が確立されるかもしれないし」

きゅ、と膝《ひざ》に置かれた美夏の手が掛《か》け布団《ぶとん》を握る。よほど後ろめたいのか、徹底的に俺と目を合わせようとはしない。

「——……あなたらしい偽善ですね」

鼻で笑った。

「たしかに難病の治療には、画期的な効果のある新薬が発見されることがごくまれにはありますが。筋肉そのものの損傷とあっては——まず無理です」

「でも、可能性はゼロじゃないから」

なんともそらぞらしいセリフだった。苦笑して俺は肩をすくめる。

「ではせいぜい、神にでも祈ることですね、どうかある日突然画期的な治療法が発見されますように、と——そう、ビーズの神様にでも祈るのはどうですか。あなたの大好きな」

「…………」

うつむいたままの美夏の頰《ほお》がひきつった。だが何も言わない。

——つまらん。

そのままきびすを返し、俺は美夏の病室を出た。


保健室のドアがノックされたのは、翌日の放課後だった。

「失礼しまーす。大城先生」

「はい。……ああ、茜さん」

「お薬、手に入りましたか？　早めにもらえたほうが安心なんですけれど」

「ああ——はい。ちょっと待っていてください」

せっかちなことだ。まあ、それだけ薬に絶対の信頼を置いて、一方で頼っている、ということでもあるのだが。

立ち上がり、美夏の言っていた薬ビンを探す。

(ん……？)

そこに、該当しそうなビンはなかった。首を傾《かし》げて、俺はほかの棚も確認する。ここは一度荒らされてしまっている。片づけをした時に位置を置き間違えてしまったのかもしれない。

しかし、薬品棚にはそれらしいビンは一つもなかった。

ちらりと、朝野の顔が脳裏をよぎる。昨日、朝野はここにいた。朝野が薬を持ち去ったのだ――。だから俺が戻ってきて、ビンを隠し持っていることに気づかれないようにさっさと立ち去ったに違いない。

「すみません、茜さん。どうやら手違いで、まだ届いていないようです」

「えー？　そうなんですか？」

「申し訳ありません。なるべく早く手配しますので」

「はい……わかりました」

見た目にもがっくりと、茜は肩を落とす。

俺の責任ではまったくないのだが、さすがにいくらか哀れをもよおした。

「茜さん、水泳はお母さんに習ったのですか？」

「え？　……あ、はい、そうです」

母の記憶は茜にとっては楽しい記憶であるらしい。すこし表情に元気が戻る。

「けっこう鬼コーチだったんですよ。すごく厳しかったこと、覚えてます」

ぼやいて見せながらも、茜の表情は和やかだ。

「親は、時として子供に自分と同じか、それ以上の能力を期待しますからね」

俺の声はいささか皮肉っぽくなった。そう——剛三は俺にそれを求めた。

そして俺は、それに応《こた》えられなかった。

(伸哉はもう用済みだ)

「そうです、そうです」

しかし茜は俺の声にひそんでいたとげには気づかずにくすくすと笑う。

「お母さん以上にいい選手になってね、のぞみにならできるわよ、ってボクよく言われてました。お母さんが飲んでた薬も分けてもらったり」

「薬……?」

「え? あ——べつに変な薬とかじゃないですよ? 筋肉の発達を助ける薬なんです。お母さん、製薬会社につとめてたんで、そういう薬の開発にも協力してたんです」

「ああ——なるほど」

「それを使って、ボク新記録も出したんです」

すっかり、茜は機嫌《きげん》が直ったようだった。誇らしげにそう言って、そしてふっと自嘲ぎみの笑いをもらす。

「その薬がまだあれば……今度の故障もきっとすぐなおっちゃったのになあ」

「ないのですか? もう」

「ええ。でもその代わり、渡良瀬先生のお薬がありますから。同じような成分の薬だって先生言ってました。飲むと体がぽかぽかしてくるんです。先生、ほんとにボクに親身になって相談に乗ってくれて……。あ、じつはね、このリボンも先生にもらったんです。早く元気になれるように、って」

話があちこちへ飛躍《ひやく》するのはこの年頃《としごろ》の少女にはよくあることだが——そろそろ飽《あ》きてきた。

「それでは、ほんとうに早く手配しなくてはいけませんね」

「はい。ぜひよろしくお願いします。……あ、ボクそろそろ部活なんで、これで」

少し強引に話を断ち切ると、しかし茜は気づかなかったようで頷いた。立ち上がり、ぺこっと頭を下げて保健室を出ていく。

茜は完全に薬の効果を信じ、そして薬に依存《いぞん》しているようだ。たしかに以前飲んでいた薬で筋肉が発達して新記録が出たのなら、故障した組織も強化されるだろうと思うのかもしれない。

朝野の言っていた、急激に記録の伸びた時期というのがそれだろう。

だが今茜の服用している薬はただの栄養剤——いや。待てよ？

本来偽薬というものは薬をほしがる、本当は薬を必要としない患者《かんじゃ》に薬と偽って無害なものを与える療法だ。患者はそれを効果のある薬と思いこみ、症状が改善することもある。

しかしそれは精神的な理由で病気に似た症状が起きている場合のことだ。

茜の場合、現実に故障を起こしていて、そして回復は不可能、という診断がすでに下されている。症状は現実に存在している。

茜があれほど薬に固執するのは、茜自身が薬の効果を信じている——薬を服用することによって自分の肉体に何か影響を明確に感じているから、ではないのか？

薬を飲むと体がぽかぽかする、と茜は言っていた。ただの栄養剤にそこまでの効力があるはずもない。

茜の薬は、処方箋《しょほうせん》なしに与えられている。つまり、違法な薬だ。与えていたのは美夏。

——符合《ふごう》を感じる。

美夏が所持していた、違法な薬剤といえば、一つしかない。

体が温かくなるというのは、つまり。

(誰《だれ》かで、試してみるか)

もちろん自分を人体実験に使うつもりはないが……。

誰に試してみるべきか。そう——たとえば下澤あたりなど、どうだろうか。

それとも——荻原姉妹のどちらか。

思案をめぐらせていると、からりと保健室の戸が開いた。無言でここに入ってくる相手はあまり多くはない。ふり返ると案の定、朝野だった。

「こんにちは」

「優月いる」

社交辞令を無視して朝野は自分の用件を口にする。内心で舌打ちをし、そして俺はひらめいた。ちょうどいいモルモットがここにいる。

「もうすぐ来ると思いますよ。お待ちになりませんか。ちょうど今お茶を入れようと思っていたんです。よろしければご一緒に」

「……………うん」

断られるかと思ったが、朝野はなぜか素直に頷いた。ドアを閉めて入ってきた朝野に椅《い》子《す》を勧め、お茶をいれる。そして白衣のポケットから素早く例の薬を一錠《いちじょう》出し、朝野のお茶に混ぜ込んだ。

「さあ、どうぞ」

「……」

茶碗《ちゃわん》をさし出すと朝野は無言で受け取り、すこし表面を吹いてさまし、口をつける。

よし――成功だ。

だがここで本当に南にやって来られてはやっかいだ。ここへやって来る前に南を見つけて、何か口実をつけて保健室に来ないように細工をしなければ――。

「……ああ、しまった」

わざと、ひとりごとをもらす。そして立ち上がった。

「朝野さん、すみません。大事な用事を一つ、すませるのを忘れていました。僕はちょっと失礼しますが、朝野さんはよろしければここで南さんを待っていてください」

「わかった」

ぼそりと朝野は頷く。もとより俺に会いに来たのではなく南を捜しに来たのだから、俺がいようがいまいが関係ないのだろうが。

「では失礼します」

「茜のぞみ」

保健室を出ようとした背に、また朝野がぼそりと言った。俺はちらりとふり返る。

「なんでしょうか？」

「よく見るのね。あの子も、母親と同じだから」

「……何をおっしゃっているのかわかりませんが？」

「見ればわかる。わからないのは先生が見てないから」

「朝野さん？」

それ以上朝野の背中は何も言わなかった。ふり向きもせず、ただお茶をすすっている。追及したかったが、今は南を追い払うのが先決だ。諦めて保健室を出る。

「……あ、先生～～！」

きわどいタイミングだった。いくら南の声でもここからなら保健室までは聞こえないだろうというぎりぎりの距離で、俺は南と行き合うことができた。

「ちょうどよかった、南さん。捜していたんです」

「え？　あ、また何か私にご用ですか？」

南の瞳《ひとみ》が輝く。

「ええ。……申し訳ないのですが、今日は保健室へいらっしゃるのは遠慮してください」

「え〜？　どうしてですかー？」

「具合が悪いといってやすんでいる人がいるのです。安静にさせてあげたいので、保健室で話し声などはなるべくたてたくないのですよ」

「ああ——なるほど！」

とっさの出まかせだったが、南はあっさりとそれを信じた。つくづく、単純にできている娘だ。

「わかりました！　じゃあ私、今日はこのまま帰りますね！」

「よろしくお願いします。僕もすこし外して、その人を休ませてあげようと思います」

「やさしいんですね、先生！　ではまた明日！」

何も疑わずに南が回れ右をして立ち去っていく。そうそう何度も使える手ではないが、これが有効だということは覚えておいて損はないかもしれない。

しかし、朝野には用事を思い出したと言って保健室を出てきた手前、すぐに戻るわけにはいかない。あの薬を飲んで朝野にどんな変化が起こるのか逐一観察したくはあったが、すこし時間をあけたほうがいいだろう。

プールをのぞきにいくと、茜は今日も部員たちの練習を見学していた。どこかしょんぼりしているように見えるのは、薬が手に入らなかった失望が尾を引いているのだろうか。

たしか、母親も水泳選手という話だった。母親は亡くなり、茜は母への、いわば手向けとしてオリンピック出場をめざしている。

美談だ——しかし、俺にはただ、むかつくだけの話だ。

親と、かたい愛情で結ばれた子供など。

そういえば、茜の母親はなぜ死んだのだろうか。ふと疑問が頭をもたげる。

オリンピックに出るほどの選手だったのなら、マスコミのデータベースに接続すれば、フルネームはすぐにわかるだろう。その名前から当時の母親のカルテを捜し出せば死因はすぐにわかるはずだ。あとで調べよう。

まずは、朝野の様子だ。ほどほどに時間も経過したから、もう保健室へ戻っても大丈夫だろう。

何か、おもしろいものが見られるといいのだが。

俺の希望は、かなえられた。

「はぁ、は、あ……ぅんっ………」

平板な、しかしどこかに熱のこもったかすかな喘《あえ》ぎ声が聞こえる。一度だけ、聞いたことのある朝野のよがり声だ。

あの時は、ここまで朝野にひっかき回され、振り回されるとは思っていなかったが。

「はぁ、あ、だめ………」

静かに、朝野に気づかれないようにわずかずつ戸をあけて、室内へ音をたてずに入り込む。ついたての陰《かげ》からこっそりとのぞきこむと、やはりそうだった。朝野が頬を上気させて、大きく足を広げ、自《みずか》らの股間《こかん》を激しく慰めている。

「んんっ……あ、あっ……どうし、て……こんな………とまん、ない……」

呼吸を荒げ、さすがに服の上からではあったが、ひどくせわしなく悩ましげな動きで自らの乳房をこねている。もう一方の手はスカートをまくりあげ、ショーツの布地ごしにくりくりと敏感な花芯《かしん》を揺さぶっていた。

「あ、あっ……ふぁん……っ………あ、あふれ、て……腰、溶け、そう………はぁ、はぁぁ……」

朝野のショーツは、すこし離れたところから見てもはっきりとわかるほど、愛液でべとべとに濡れていた。いや、朝野の座っている椅子の座面にまでしみ出た愛液が広がり、今にも床にまでしたたろうとしている。朝野がたまらない様子で腰をくねらせると、花芯に

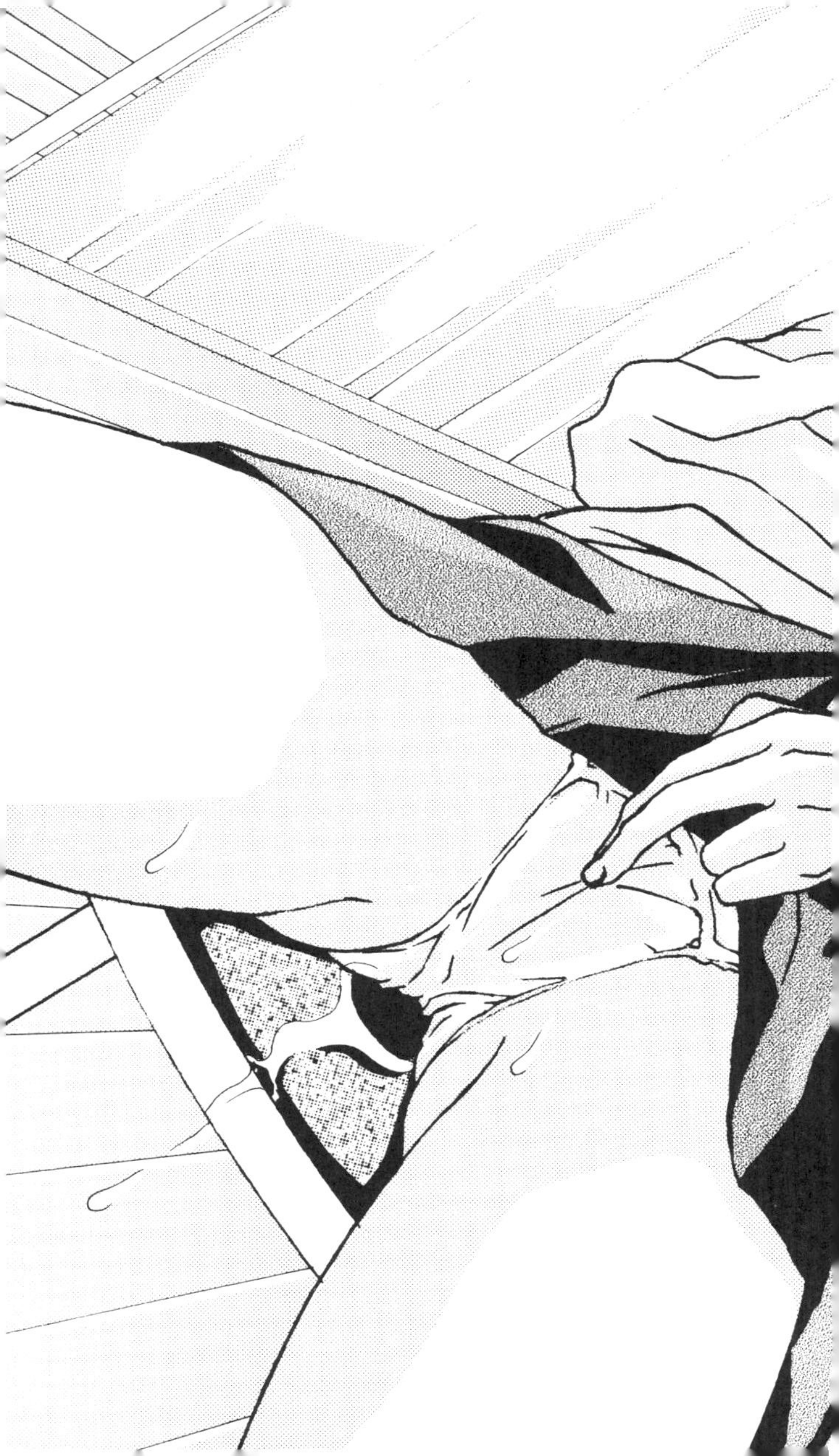

添えた指先との間でショーツが引っ張られ、ショーツの股間にはくっきりと割れ目の筋がうかびあがる。布地の下で花びらが淫靡《いんび》によじれ、ひくついているさままではっきりと見てとれた。おそらく、制服とカーディガンとを隔てて、俺があの夜、音を立てて吸い上げ、舌先で転がして朝野をのけぞらせた乳首もコリコリに固くなっているのだろう。

「あ……い、く……いき、そ…………いっちゃ、う……ぁ、あぁっ……！」

懸命《けんめい》に声を押し殺し、がくん、と朝野は頭をそらした。どうやら達したらしい。

しかし、朝野の指は動きをとめなかった。

「はぁっ……だ、だめ、とまんない…………どうして……あ、あっ……もっと……どんどん、あふれてく……る、よぉ……あぅ、んっ……はあぁぁん……」

全身をくねらせ、いっそう激しく指を動かして、朝野は激しい自慰に没入していく。

これはやはり、あの薬の効力だろう。もしやと俺のにらんだとおり、美夏は例の媚薬《びやく》を足の筋肉を修復する薬と偽って茜に与えていたのだ。

（………？　たしか……）

プールサイドで話をした時。

茜が立ち上がったあとの場所は、茜の尻の形に濡れていた――。

プールサイドに座っている水着の娘がいて、彼女が立ち上がったあとが濡れているのはごく自然なことだから気がつかなかったが。

茜は、自分の練習はほかの部員の練習が終わってからなのだ、と言っていた。

まだプールに入っていない茜の水着が濡れているとしたら、理由は一つだけだ。

(見ればわかる)

朝野が言っていたのはこれだったのか。

(美夏め――)

とんだ偽善者だ。いや……むしろそのほうが美夏らしい、か。

俺の父親に取り入る一方で俺を哀れんでみせるような女なのだからな。

「あはぁ……だめ、いく、また…………いっちゃうよ……ぁあああ…………」

朝野はまだ、自慰を続けている。

(南さんは追い払ってあげましたから)

心の中で、俺は朝野に嘲笑を送った。

(どうぞ気のすむまで――あるいは薬が切れるまで、よがり続けてください)

今までずっと俺はこの娘に振り回されてきたのだ。このくらいの意趣返しはしてもいいだろう。

「ふむ……」

カーソルを操作して画面に並ぶ文字を目で追っていく。

茜の母親に関する資料は、一回の検索で簡単に見つかった。医療ネットワークのデータを調べるまでもなく、新聞記事があったのだ。

茜の母、茜雅美《まさみ》は森田製薬勤務。原因不明の筋肉疲労により体組織に異常を生じ、それが原因で死亡――。ステロイド系の違法な薬物ではとの疑いもあったが、検出はされず。

なんだ、この記事は？

極度の筋肉疲労――それは娘の茜のぞみが故障を起こした時の症状と同じではないか。

もう一度、茜のカルテを呼び出す。やはりそうだ。こちらにはステロイド系薬剤の疑いなどの記述はないが。

つまり――ステロイド系薬剤使用を疑われるほどの極端な症状ではなかったということだろうか。

茜の母親はそれが原因で死に至ったが、娘のほうは幸い、選手生命を絶たれるだけですんだ。

それは……服用期間の長さから来る差違ではないのか？

母親がずっと飲んでいた薬を、茜は幼い頃に飲まされていた。だが茜の記録が飛躍的に伸びたのは故障の直前だ。母親はもう物故している。

茜の笑顔を思い出した。

(それで新記録が出せたんですよ)

このセリフは――つまり新記録を出した時期に、その薬を飲んでいたということだ。

母親の遺品に、いくらか薬が残っていたのではないだろうか。

茜はそれを服用し、母親の命を奪ったものと同じ副作用で選手生命を失った――。

哀れなものだ。

「……うん？」

茜のカルテを表示させた画面のすみに、点滅しているアイコンがあった。先日はなかったはずだが――。カーソルを操作して、そこをクリックする。

『茜のぞみ　FF反応あり。内服薬の指示があります。薬局へデータを回しますか？』

なんだろうか――これは。処方箋が出ている、のではなく内服薬の指示、とは。

Y／Nと表示された画面の、Yをクリックする。と、画面が切り替わった。

『データを転送しました。南條学園へ発送いたします』

これもまた――イレギュラーな。患者本人ではなく学園あてに発送？

そしてこの、FF反応というのはいったい……。

これが、茜の言っていた薬なのだろうか。学園あてに薬が発送されるのなら保健室に届くからすぐに確認はできるだろうが、これが例の媚薬ではないのか？

（………待てよ）

からくりが読めた。

「うわぁ！　ありがとうございます！」

薬を渡してやると、茜は飛び上がらんばかりに喜んだ。

「もし薬が切れちゃったらどうしよう、ってボクずっと心配で」

「ご心配をおかけして申し訳ありませんでした。ただ……」

「え？」

言葉を濁すと、茜はぎくりとした顔になる。

「ただ？　何かあるんですか？」

「じつは少々、不安がありまして――ほんとうにその薬が、茜さんの言っていた薬なのかどうか」

「え……でも、見た目は同じですよ？」

「見た目の同じような薬はたくさんありますからね。……たしか、服用すると体がすぐに温かくなるとおっしゃっていましたよね。もしよろしければ今ここで一錠飲んでいただけませんか。もし間違いだったらすぐに再度手配したほうがいいですから」

「あ………」

一瞬、茜は困ったような顔になる。だが、何かを決意したように唇を結んだ。

「わかりました。ええと、お水をいただけますか？」

「はい、どうぞ」

俺は茜に水を渡してやり、茜が薬を嚥下《えんか》するのを見守った。

「では効果が現れるかどうかはっきりするまで、すこしおしゃべりでもしましょうか」

「はい――」

茜は頷いたが、しかしその表情はすこし硬い。緊張しているのか。

「じつは――茜さん。僕にはもう一つ、いささか不安なことがありましてね」

「……はい？　あの、……ボクの薬のことですか？」

「ええ……まあ」

語尾を曖昧《あいまい》に濁し、茜の不安をあおる。案の定茜はすぐにひっかかってきた。茜にとってはこの薬が最後の生命線なのだから、不安になるのも仕方のないことだろうが。

「なんでしょうか……」

「いえ……やめておきましょう。あなたに言う必要のあることではありませんでした」

「気になります！　ボクのことなんでしょ？」

茜は必死の形相だ。

「教えてください。自分のことなら、ボクには聞く権利があるはずです！」

「よろしいのですか？　では申し上げますが――」

一度言葉を切ってさらに茜をじらす。緊張をギリギリまで高めたほうが、絶望のどん底に叩《たた》き落とされる衝撃は大きい。

「もしその薬に、茜さんの信じている効能があったとしても、それが茜さんの故障にどの程度効果が出るか――」

茜の頬がわずかにひきつれた。

「…………どう、いう……意味ですか」

茜は頭の悪い娘ではない。問い返したのは俺の言葉が理解できなかったからではなく、理解したくなかったからだ。

「これを――見ていただけばわかるかと」

俺はそう言って、プリントアウトしてきた茜のカルテを取り出した。

「これはあなたのカルテなのですが、これによると――あなたの水泳選手としての選手生命は絶たれているのですよね。現代の医学では治療は不可能、と――」

茜の唇が細かく震えはじめた。

「……うそ…………」

「ですから、これをごらんくださいと申し上げています」

茜は震える手でカルテを受け取った。瞳が何度も、診断結果の記述を読み返す。

「うそ…………」

「お気の毒ですが、事実は事実ですね」

「だって……渡良瀬先生は、なおる、って…………」

「ですから、あなたは渡良瀬先生に騙《だま》されていたということになりますね」

「そんな……どうして！」

「僕の推測でよければ――お話ししましょうか」

茜は短い間、返事をしなかった。迷っているのだろう。それとも懸命に感情を整理しようとしているのか。今まで自分の最大の味方だと信じていた相手が自分に嘘《うそ》をついていた――その事実を突きつけられて混乱しない人間はいない。

あの時の俺がそうであったように。

ややあって、ごくりと茜はつばを飲み込んだ。顔をあげる。

「教えてください」

「あなたに与えられていた薬――これが渡良瀬先生の目的だったのではないかと」

「……え？」

「その薬は、たしかにあなたにあてて発行されていたものです。じつはその薬には、強力な催淫《さいいん》効果がありましてね。渡良瀬先生は、その薬を横流ししていたのです。……自分の楽しみに使用するために」

そう言って、俺は一枚の写真を茜に手渡した。美夏と朝野がからみあっている、例のレズ写真だ。茜が息を呑《の》み、顔を赤くして目をそらす。

「渡良瀬先生は例の事故の時、かなり強い薬剤を大量に服用していた。そのせいで足下があやうくなり、階段から足を踏み外した——あるいは誰かに突き落とされた。その薬こそが、あなたの薬なのです」

「………」

茜は何も言わずに俺を見つめている。不信と、疑念——だがこれこそが真実なのではないかという迷い。さまざまな感情が交錯している視線だ。

「渡良瀬先生は、ちょっとしたいたずら心であなたの薬を口にしたのではないでしょうかね。そしてそれに強力な催淫効果があることを知って、自分の愛人であるこの朝野さんに使用してみた。そしてやみつきになり、——もっと刺激がほしくなった」

「それで……薬を飲み過ぎて？」

「それもありますが、……茜さん、あなたも、薬を飲んだあと、異様に性欲をおぼえたりはしませんか？」

さっと、茜の顔がこわばった。先ほどからすこしずつ、茜の頬が赤らんできているのを俺は見逃してはいなかった。薬が効《き》いてきているのだ。よく見れば、茜は微妙に、ぱっと見ただけではわからないように腰をじりじりとよじっている。

「どうですか？　体がぽかぽかと熱くなって——あそこがぐしょぐしょに濡れてしまった

りしませんか。……たとえば、水着のお尻の部分がすっかり濡れてしまうほど」

わずかずつ、茜の体が震えはじめた。恐怖、あるいは怒り。それとも薬の影響か――。

「あなたはそうした方面にはあまり知識がなくて無意識のうちに欲望をスポーツで発散しているのかもしれませんが、もし――」

「あ……っ！」

素早く茜の背後に回り、スカートの中に手を差し入れる。

「ひあぁっ……！　な、何するんですか先生っ！」

「疼《うず》いている場所を巧妙に愛撫《あいぶ》されてしまったら――きっと、あなたもやみつきになりますよ？　たとえば、こんなふうに」

「ぁ、あ、あっっ！」

ショーツの上からかるくこねてやっただけで、茜は鼻にかかった声をもらした。ショーツの布地の向こうにたっぷりと粘液がたまっているのがわかる。

「もしかしたら、時々は自分でこうして……いじっていたりしたのではないですか？」

「は……はぁぁ……っ……」

「腰をあげて。じかにさわらせてください」

「え……っ？　や、やだよそんなの！」

ひくく命じると茜は驚いた声をあげて強く頭を振る。

俺は笑って、さらに茜の耳元に口を寄せた。

「そのほうが、うんといい気持ちになれますよ？」

「……っ……」

声の振動が響いたのか茜は身をすくませる。

「少しだけです。腰を持ち上げて」

もう一度命じると、茜は何かに操られているかのように俺の言葉に従った。

故障で休んでいるとはいえ、長年水泳で鍛《きた》えられてきた引き締まった尻からくるりとショーツを引き下ろし、茜のそこを空気にさらす。ついでに膝をあげさせて、椅子の座面に足先を乗せてやった。まるで幼児に放尿《ほうにょう》をさせるポーズだ。

「僕は思うのですがね——渡良瀬先生は、今僕がしているようなことをきみにするチャンスを狙《ねら》っていたのですよ。きみを、薬漬《くすりづ》けにして快楽の奴隷《どれい》にしようと——」

「そ、そん、な……そんなの、嘘、だよ……ぁ、っ……」

こんこんとあふれてくる粘液の泉に後ろから指をひたしてくちゅくちゅとかき混ぜてやる。ぶるぶるっ、と茜は背を震わせて全身をよじった。

「そんなの、証拠……ないじゃないか……」

「ありますよ」

「どん、な……？　ふぁっ、だ、だめ……そんなとこ、さわ、っちゃ……」

「きみのリボンです。これは、誰が贈ってくれたものでしたか？」

「わたら、せ……せん………ええっ？　はぁぁんっ！」

びくりと身動きをした腰がよじれて、自ら最も敏感な肉豆を俺の指にこすりつけてしまった茜は高い悲鳴をあげた。

「そうです——これは、彼女の、あなたを縛ってやる、というひそかな征服宣言だったのですよ」

「そん、な……あ、あっ…………い、いや、そこ……そこだめぇ……ボク、ボク感じすぎちゃう、よぉ……」

「おや——何も知らないのかと思っていましたら、すでに快楽をご存じなんですね？」

「やっ………」

「薬を飲んで体が疼いて、たまらなくて自分で慰めていたのですか？」

「くふ、っ……ぁはあ………」

「茜さん？　教えてください。どんなふうに、慰めていたんですか？」

「いや、いやあぁ………だめ、だめ、感じちゃう……おかあさん……ふあぁぁっ！」

ひくひくっ、と俺の指の下で茜の秘豆が痙攣《けいれん》した。それに合わせてがくがくと茜の全身が跳ねる。……イッてしまったか。

「茜さん。今お母さんを呼ばれましたね？」

「お母さんは、あなたに薬を残していませんでしたか？　あなたはそれを飲んで、新記録を樹立したのですよね」

「……う、うん…………ぐすっ……」

混乱と、俺にいじられて達してしまったショックで放心しているのか、茜はこくりと頷いた。

「ボク……記録が、のびなくなっちゃって……前にお母さんにもらった時によく効いたから、その薬……もらって…………」

「そしてあなたは選手生命を失った」

「……え？」

「お母さんが飲んでいた薬は、開発途中のものだったのですよね？　人体実験ですよ。そしてお母さんはその副作用で亡くなった。あなたの故障の時の診断結果と、お母さんが亡くなった時の症状はとてもよく似ているのです。ただ、服用期間の長さがちがったおかげか、あなたは死なずにすんだ。水泳選手としてのあなたは、亡くなってしまいましたけれどね」

茜の瞳から光がうすれていく。

母親のために夢をかなえようとしたことが——結果的に母親の夢をつぶすことになった

と、理解したらしい。
いい光景だ。
だらりと力を失った茜の体を抱き上げて、俺は娘をベッドへ放り投げた。

第5章　真相

「あれ？　先生ー。これはどこに入れるんですかー？」

書類整理をさせていた南が声をあげて示した封筒を見て、どきりとした。

「ああ——それは僕が」

「あー、あやしーい。ラブレター？」

手を伸ばして素早く取り上げると南がにんまりと笑う。

「そんなものではありません」

「ちがうんですかー？　なんだか真理ちゃんの字に似てたけど」

「……？　朝野さんの？」

それは、柚が下澤から受け取ったという手紙だった。部活について説明したいからここへ来てくれ、という呼び出しの手紙だ。

「これは朝野さんの字に似ているのですか」

「ええ。——ほら、これ、見てください」

南は鞄《かばん》から一冊のノートを取り出した。

「この間ノートを写すの、真理ちゃんに手伝ってもらったんですよ。似てるでしょ？」

「ふむ……たしかに、そうですね。……しかし南さん、ノートは自分でとらなくては勉強にならないでしょう」

「あ……えへへ〜」

笑ってごまかした南にため息をついて、俺は南の手の届かないところ、白衣のポケットに手紙を入れた。

この件については、いろいろと不可思議なことがあるのだ。

美夏はいじめられている下澤を心配して、音楽部に部員を増やそうとした。紹介しようとしたのは荻原姉妹だ。

柚と下澤は、ちょうど美夏が事故にあった時間に、会うことになっていた。恵も同席するはずだったが、その時恵は携帯をなくして、それを捜しており、同席はしなかった。

だが、ここで柚の証言と下澤の証言が食《く》い違う。

柚は下澤から手紙が来たと言った。それが、今南に見つけられてしまった手紙だ。

一方、下澤は相手からメールで呼び出された、と言っている。

そのメールは、荻原姉妹の携帯から発信されたものだったが、その時姉妹は携帯を紛失している。……今は、姉妹の手元に戻っているが。

俺はメールと手紙のどちらをも見ているが、それぞれに指定された場所はまったくかけ離れた場所になっていた。

なぜ、こんな齟齬《そご》が起こったのだろうかと――ずっと気になっていたのだ。

しかし今の南の言葉で、全《すべ》てが理解できた。

「南さん」

「はい？」

「二つほど、お願いがあるのですが」

「……はい！　なんでもおっしゃってください！」

単純な娘だが、使い道はある。

俺は南に指示を与え、最後の確認をとるために病院へと向かった。


美夏は例によってこわばった表情で俺を迎えた。

「なんの……用？」

「あなたは、荻原柚さんと恵さんを下澤沙耶香さんに紹介しようとしていましたね？　音楽部に入らないかと」

「え、ええ……。二人が部活に入りたいと言っていたから」

戸惑った様子で、美夏は頷《うなず》く。

「姉妹のどちらかに下澤さんのメールアドレスを教えましたか？」

「教えたわ。興味があるならメールしてごらんなさい、って」

「その時——保健室にはほかに誰《だれ》かいましたか？　……たとえば、あなたの愛人……朝野真理さん、とか」

さっと美夏の頬《ほお》に朱《しゅ》がのぼった。うつむいてしまう。

「いたんですね」

「………いたわ……。そのあとで、愛してあげようと思って……」

「ほかには誰か？」

「ううん……いなかった」

「なるほど。よくわかりました。どうもありがとうございます」

「仲哉くんは……いつも一方的ね」

美夏がふいにそう呟《つぶや》いた。

「私《わたし》に聞きたいことがある時だけやってきて、自分の用だけすませて帰っていく」

「ほかに、何をしろと？」

「別に……何も。ただ、そう思っただけ」

どこか拗《す》ねたような声に、俺は笑った。

「僕に、もっと自分を気にかけてほしい、とでも思っているのですか？」

「……！　誰もそんなこと、言っていないでしょう」

美夏の頬が赤くなった。……図星か。

先日、俺がここを訪れて美夏を抱かずに帰ったから不満だったというわけか。

「よろしいでしょう――では、かわいがってさしあげますよ」

「え？　ちょっと……仲哉くんっ？　わ、私はそういう……あぁっ！」

美夏を引き起こし、うつぶせにしてパジャマの下半身を引き下ろす。

尻《しり》を上げさせ、のぞきこむと、すでにそこはほのかに濡《ぬ》れはじめていた。

「僕の顔を見ただけでここが疼《うず》いてしまっていたというわけですか——それは大変に失礼をしました」

「ちが、っ……そんな、わけじゃ……ぁ、あっ！」

美夏は否定しようとしたが、俺の指先にすっと割れ目を撫《な》でられただけで甘ったるい声をもらした。

「だ、ため……やめて……あぁ……」

幾度か指を割れ目に沿ってすべらせる。かるく閉じていた花びらが震え、そしてこぷ、とその奥から肉ひだを押し開くようにして愛液のしずくがしみ出てくる。

「は、っ……い、いや……ぅんっ！　んふぅ……っ」

「ほしくないのですか？　ここに、僕のものが。あっという間にぬるぬるになってしまいましたよ？」

「くぅんっ……はっ、…………あ、ぁ……」

指の先で、ごくわずか、触れるか触れないかの距離で意地悪く割れ目をなぞり続ける。

こぷ、こぷっ、と次々と粘液は湧《わ》き出て、やがて秘裂にはおさまりきれずにあふれ出す。

それでも俺はそこをかすかに撫で続けてやった。

「ぁ……ああ…………も、もう、だ、め…………」

美夏の虚勢は、そう長くはもたなかった。切れ切れのうめき声に俺はもう一度、先ほどと同じ問いを美夏へ投げる。

「僕のものが、ほしいですか？」

「……ほ、……ほしい、…………入れ、て……。仲哉くん、の……ほしい……」

甘ったるい鼻声をあげて、美夏は豊かな尻をくねらせる。

快楽とは、かくもあっさりと女を堕落《だらく》させる。俺に処女を奪われて泣き叫んでいた美夏の面影はもうどこにも残っていない。

だが――これでいいのだ。俺に犯されてよがり狂うように、俺がこの女を調教したのだから。

「よろしいでしょう。では、入れてさしあげましょう」

「あ、……入っ、て……くるぅ……っ！　熱い、おっき、……ぁ、あああ…………」

熟《う》れ、うるみ、ほころびていた肉襞《にくひだ》が飢《う》えきっていたように俺の肉棒にからみついて、ひくつきながらうねる。

「すごい、仲哉くん…………すごい、いい、いい……っ！　もっと……奥、……奥まで、ちょうだいぃ……っ！」

促される前に自分から豊かな尻を淫《みだ》らにくねらせて美夏がすすり泣く。

「どうしてほしいんですか？　こうですか？」

「はぁあんっ！　あたる、中に……あぁ、いい……っ！」

俺を哀れみ、見下していた女はもういない。

いい気味だ。

俺は唇の端を歪《ゆが》め、激しく美夏の肉壺《にくつぼ》を突き上げた。


保健室に戻ると、南が俺を待っていた。

「おかえりなさい！　先生に頼まれたこと、やっておきましたよっ」

「そうですか。どうもありがとうございます」

「いいえー。どういたしまして。なんだかどきどきしちゃいました。秘密組織ごっこみたいで。あ、真理ちゃんに携帯のことも聞いてみましたよー」

南はにこにこと報告してくる。

自分の行動が、自分がかばおうとした娘を窮地《きゅうち》に追い込む手伝いをしていることにも気づかずに。

馬鹿《ばか》な娘だ。

「真理ちゃんに、携帯持たないの？って聞いてみたんです。でも真理ちゃんってばそっけなくて。いらないって言ったんですけど、でも、もし持つんならビーズのストラップとかつけるとかわいいかも、って」

「ほう……そうですか。かわいらしい趣味ですね」

俺が南にした頼み事の一つは、朝野なら携帯にはどんなアクセサリーが似合うと考えているか、を聞き出して来ることだった。なかなか上出来の報告だ。いじめグループをリストアップした時の手腕といい、案外と南はこういうことに向いているのかもしれない。

(この脳天気な笑顔が相手の警戒心を解かせるのかもしれないな)

にぱっと笑っている顔を見て思う。俺の視線に気づいたのか、南はきょとんとした目になってぱちぱちとまばたきをした。

「どうかしました？」

「いえ――ご苦労さまでした。ありがとうございます」

「いいえー。先生の頼みなら、私なんでもしますよ？　なんたって、保健委員ですから」

南の笑みに、俺は苦笑を浮かべた。南は自分の行為が何を意味することなのかわかっていない。

その時、からりと保健室の戸が開いた。

「わたしに、用あるって――」

「ええ。ようやくあなたとお話をする時が来ましたよ、朝野さん」

にやりと笑いかけると、朝野は変わらぬ無表情のまま、こくりと頷いた。

「え？　あれ？　あれ？」

「南さん——あなたはそこで聞いていてください。証人です」

きょとんとしている南にも笑いかける。

「誰が渡良瀬先生を事故に遭《あ》わせたのか——犯人がわかりましたから」


「結論からいって——やはりあなたのほかに疑わしい人はいません」

朝野を前に俺は自分の推理を説明した。

「あなたは渡良瀬先生とレズ関係にあった。そして——彼女に殺意を持った。はじめは媚《び》薬《やく》がほしかったのかと思いましたが、ちがいますね。あなたは、嫉妬《しっと》したんです。最近渡良瀬先生が目をかけている生徒、茜のぞみさんに」

動機はそれだ。美夏が自分から茜に乗り換えようとしている——朝野は嫉妬心から美夏を殺そうと思った。

その時に邪魔になるのは、時折保健室に出入りしている学園生たち。足の不自由な恵、いつも恵と一緒にいる柚。いじめに悩んで保健室を避難場所にしていた下澤。彼女たちを保健室から遠ざけないといけない。

美夏が双子《ふたご》の部活に音楽部を紹介しようと思っていることを知った朝野は、同時に姉妹の携帯に下澤のメールアドレスが登録されていることも知る。

まず姉妹には手紙で、下澤を装った呼び出しをかける。そして犯行当日、朝野は姉妹から携帯を盗《ぬす》み、下澤に別の場所を指定したメールを送った。どちらの待ち合わせ場所にも相手は現れない。しばらくはその場に足止めされることになる。

それだけの時間があれば十分だった。媚薬には非常に高い即効性があるのだ。

朝野は美夏に媚薬を大量に飲ませ、朦朧《もうろう》としてきたところを保健室の外へおびき出して、そして階段から突き落とした——。

「いかがですか」

「穴だらけ」

手短な、厳しい批評に、俺は苦笑をもらした。

「ですがあなたが渡良瀬先生を突き落としたのは事実ですよ。渡良瀬先生はビーズのミサンガをつけていた。そして転落した時に、それは壊れてしまったのだそうです」

「それが？」

「飛び散ったビーズの一部は、犯人の服に付着します。ですがたとえばポケットなどに飛び込んでしまえば、ごく小さなものです、なかなか気がつきません」

朝野はかるく首を傾《かし》げた。ちらりと見下ろして、制服のポケットをさぐる。

そこから出てきたのは、欠けたビーズのかけらだった。

「…………やられた」

簡素な降伏宣言だった。潔《いさぎよ》いことだ。

「では、いつぞやの言葉を撤回していただけますか」

「でも」

さらに言葉を続けようとした俺を朝野は遮り、まっすぐに俺の目を見た。

「先生の目は、節穴」


思わぬ朝野の反撃に、一瞬、思考が停《と》まった。

「どういう……意味ですか」

間の抜けた沈黙のあとでようやく言葉を絞り出したが、その間は俺の動揺を確実に朝野に伝えてしまっただろう。

「言葉どおり。もうすこし頭いいかと思ってた」

醒《さ》めた瞳《ひとみ》と声が俺に突き刺さってくる。

「なんのために私が事故や沙耶香のお父さんや茜先輩のお母さんの話をしたと思うの」

「…………？」

「引き出しに入ってたファイルはなんのためにそこにあったと思うの。わざわざ鍵《かぎ》までかけて。……彼女たちには別の共通点がある」

「……その共通点とは？」

悔しいが、今まで全《まった》く考えたことのなかった可能性だった。俺の視野は美夏の事件の犯人――朝野の犯行を立証することにだけ絞られていたのだ。

「実験体」

「な……？」

さらりと投げつけられてきた言葉に呼吸が止まった。

「実験体……なんのですか」

「オーダーメイド医療の裏側」

「裏……？」

「医療ネットワークには裏がある。遺伝子情報を解析して、病気の要素があれば遺伝子レベルで根絶する」

「ええ――それがオーダーメイド医療の最大の特徴ですから」

「それは別の研究にも転用できる」

「……は？」

「人工的に、特定の因子を持った遺伝子を作る」

「……人工遺伝子！」

なんと――突拍子もないことを言い出すのだ、この娘は。

「そんなことは医師の倫理《りんり》に反しています」

「倫理に反していても、お金になればやる医者はいるし、どんな大金を出しても買いたい金持ちはいる。需要と供給は成り立つ」

……返す言葉がなかった。それは、たしかに医療の実情だ。研究には金がいるが、金は無尽蔵ではない。そのためにスポンサーを探す。スポンサーのためになら多少非合法なことでも、医者はやりかねない。

「遺伝子を研究するのに必要なものはなに」

「……実験体でしょうね」

「モルモットとかマウスとか？」

ようやく話に追いついてきたのか、南が口をはさんだ。朝野はちいさく頷く。

「でも動物実験では人間にどの程度転用がきくかはわからない。だから人間を使った実験が理想的」

「それは事実かもしれませんが、現実的に無理でしょう」

「だったら、次善の策はなに」

「動物実験じゃないの？」

「ちがう」

首を傾げた南に朝野は今度は首を振る。

「人間のほうがいい。遺伝子情報は体の一部ならどこからもとれるけど、でも新鮮なほうがいい」

「ちょっと――朝野さん」

いやな予感がして俺は朝野を遮ろうとした。

だが朝野は口を閉ざさなかった。

「新鮮な死体を使う」

「ええ〜〜？」

「……南さん、すこし静かに」

「あ……ごめんなさい…………黙ってます」

南の素《す》っ頓狂《とんきょう》な声に思わずたしなめると、南はしゅんと小さくなった。俺は朝野に向き直る。

「たしかにあなたのおっしゃることには一理あります。ですがそれこそオーダーメイド医療のおかげで、病死する人は非常に少なくなった。なかなか新鮮な死体というものは」

「ないなら作ればいい」

「え――……」

「事故」

「まさか……！」

人体実験のために事故に見せかけて人間を殺している？

いくらなんでもそれは飛躍《ひやく》しすぎている。

「事実」

朝野はそっけない声でそう断じ、感情の窺《うかが》えない瞳で俺を見た。

「なぜなら——わたしの両親はそれで殺されたから」

「…………！」

十二年前の事故。即死した朝野の両親。

轢《ひ》き逃《に》げ犯は下澤沙耶香の父親——南條大学付属研究所に所属している男。

「そんな、馬鹿な」

「両親が事故に遭って、わたしは一枚の書類を渡された」

淡々《たんたん》と、朝野は言葉を継《つ》いだ。

朝野にその書類を渡した男はこう言った。ご両親が、自分たちが死んだ場合、遺体を研究所が引き取ることに同意する、というものだよ、と。まだ幼かった朝野は抗議することもできず、わけもわからないまま、ただ両親の遺体を奪われるしかなかった。

「遺品を整理してた時に発見した。巧妙に隠してあった、二枚の書類。一枚はわたしの体で遺伝子研究をする、という同意書——もう一枚は、沙耶香という名前の実験体を廃棄《はいき》処分にする、という命令書」

つまり、朝野の両親は朝野を実験に提供することに同意していたが、直前で考えを変えて同意書を隠した。その制裁として——死んだ実験体に。

そして下澤は——実験体だったのか。廃棄ということは実験が失敗した？

……下澤の髪。はじめは黒だったものが、徐々に金髪になったという。

ふつうの人間ならあり得ないことだ。

「わたしは医者じゃない。医療ネットワークには入れない。だから先生にやってもらいたかった。なのに先生はわたしの犯罪を立証することしか考えない」

はたと、頭の奥でひらめいたものがあった。

「朝野さん、まさか、……きみが美夏に媚薬を飲ませて階段から突き落としたのは」

「あなたに会いたかったから」

無表情に、しかしはっきりと、朝野は頷いた。

「医療ネットワークは開かれたネットワーク。けれどわたしでは手が届かない。だから」

「そのために……美夏はへたをしたら死ぬところだったんだぞ！」

「それでもかまわない」

「な……んだと！」

「オーダーメイド医療の中心人物は誰——南條伸哉先生」

冷たい瞳に正面から射られて。

理解した。

俺は、望むと望まざるとにかかわらずその男の息子だし、美夏はその姪《めい》だ。そんな人間が手違いで死んだとしても、両親を殺され遺体を奪われた復讐《ふくしゅう》のほうが朝野には大事なのだ。

南が困惑しきった目で俺と朝野とを見比べていた。さっき、黙っていてくれと言われて頷いた手前、口を開けずにいるのだろうが。南の聞きたいことはわかっている。

「僕は、本当は南條伸哉と言います。大城は偽名で——学園に派遣される時、その偽名を名乗るように命じられました」

「あ…………そう、だったんですね……」

「はい。……それで？　朝野さん。あなたは何がしたいんですか」

「できること」

朝野の答えは簡潔だった。

「わたし、自分にできることは全部やったつもり。これ以上は医療ネットワークに入らないとわからない。引き出しに隠されていたファイルは全部、実験体。どうやって選別してるのかはわからない。でも実験体に選ばれたから、ファイルがそこにある。先生ならそれを知ってるかと思った。南條剛三の息子なら」

「……あなたは一つ計算違いをしていましたね」

苦笑をもらして、俺は言った。

「僕は、父親には道具としてしか認められてはいないんですよ。いや——それとしてさえ認められているかどうか」

「……そう」

朝野はわずかに目を伏せ、そしてまた俺を見た。

「先生は、人間？」

俺を見る視線を、俺は全ての気力を振り絞って見つめ返す。

俺もまた——下澤のように死体の遺伝子を埋め込まれて？

「……調べる必要がありますね」

「そうね」

「共同戦線を張りませんか」

俺はあらためて、朝野を見た。

医療ネットワークの——南條剛三の悪事を暴《あば》くことができれば。俺はあの男に、そして朝野は両親の死の、復讐をとげることができる。

目的はちがうが、ターゲットは同一だ。

「南條伸哉と、共同戦線を張るのがいやでなければ」

「いいわ」

こくりと朝野は頷く。

「わたしは、目的のためには手段を選ばないから」

第6章　対決

美夏は、唇を噛《か》んでうつむいていた。

南條学園の保健室——ようやく退院した美夏を、俺《おれ》はここへ呼び出した。

美夏の「ほんとうの」仕事について問いただすために。

「どうですか、美夏さん。あなたは実験体の選別方法を知っているはずだ」

美夏は返事をしない。

「美夏さん？」

「…………」

きり、と美夏は唇に歯を食《く》い込ませる。

「薬」

静かな声が戸口から聞こえた。はっと美夏が顔をあげる。

朝野が、そこにいた。

「たぶん薬を使ってる。反応したら実験体。……ちがう？　渡良瀬先生」

「朝野……さん？」

視線を向けられて美夏が呆然《ぼうぜん》とした声で呟《つぶや》く。

「あの薬——わたしのお茶に南條先生が入れたもの。ほかの人にさっき飲ませた。けど、反応はなかった。たぶん合ってると思うけど確信はない」

朝野はつかつかとこちらへやって来た。

「だから聞かせて、わたし同様、薬に反応する渡良瀬先生——」

「朝野さん——？　美夏さんも、ですか？」

「先生もデータを見てる」

「あ——」

見返してきた静かな目に、はっとした。

そうだ、そもそもそこが出発点だった。

ファイルの人物たちを思い返す。

荻原柚のカルテには、美夏のカルテのそれに酷似した薬物反応が出ていた。

茜のぞみは——薬に溺《おぼ》れかけていた。

下澤沙耶香は、言うまでもなくすでに廃棄《はいき》された実験体。

そして朝野真理——そもそも実験体に提供されるはずだった少女。

その彼女たちと同じ反応を示す、美夏。

実験体でありながら、美夏は医療ネットワーク側——剛三の側についている。

「話せ、美夏」

命令に、美夏はびくっと身をすくませた。

「おまえの知っていること、全部だ」

「わ……私《わたし》は」

「話せ！」

一喝《いっかつ》すると美夏は全身を震わせてうつむき、そして切れ切れに語りはじめた。

「十二年前……私は、叔父《おじ》さん……院長先生に言われて……仲哉くんを実験に使わない代わりに、仕事を……引き受けたの」

「なん、だと……？」

「本当は、……私が代わりに実験体になるはずだった。だけど、だめになってしまって。それでそのかわりに——仲哉くんを実験に使わないならなんでもしますから、って、叔父さんに頼んで」

「よくわからない」

「私、その……その時、仲哉くんに誤解されて…………仲哉くんに」

「強姦《ごうかん》した。俺がな。こいつが俺を裏切ったからだ」

「ちがう——私は叔父さんに、実験に使わないならいらないなんて、そんな言い方はしないでください、って——……」

頭を何かに殴られたような気がした。

俺は……まさか会話の断片だけですべてを判断したというのか？

いや。たしかに俺はあの時、親父《おやじ》のその言葉しか聞かなかった——聞けなかった。

「実験の前に、私の体を調べて。叔父さんは激怒したわ。もう私は使い物にならなくなっていた――だけど、仲哉くんを実験に使われたくなかったから」

「条件はなんだったの」

朝野が静かに問う。美夏は疲れきったようにがっくりと頭を垂《た》れた。

「薬を使って、学園生をチェックして、反応が出た個体がいたら報告する――それだけ」

「先生は、使えなくなった自分の身代わりを見つける仕事をしてたのね」

「……！」

それは、美夏が必死に目をそむけていた事実だったのだろう。容赦のない朝野の指摘に美夏は蒼白《そうはく》になり、床にへたりこむ。

「でも……私は、仲哉くんさえ……無事なら、よかったの……」

弱く呟いて、あとはすすり泣きになった。

美夏は、いつから俺のことを――。

「残酷だけど」

ぽつりと朝野が言った。

「南條先生はもう、実験に使われてると思う」

「――……！」

はじかれたように美夏が顔をあげた。

「嘘《うそ》！　だって叔父さんは……！」

「あの親父が嘘をつかないと思うか？」

俺はあの男をよく知っている。――あいつがどれほどの人でなしかを。

美夏はすがるように俺を見上げ、そして力なく頭を垂れた。

ちらりとその美夏を見やって、それから朝野は俺を見る。

「もうすこし、調べられない」

「病院のパソコンからネットワークをうまく調べれば」

「頼んでもいい。わたしにはできない」

「ああ」

「待って――私にやらせて」

俺と朝野の会話を、今度は美夏が遮った。

「私はまだ、院長側の人間だと思われてる――伸哉くんが探るより安全だと思うわ」

「美夏……」

「もし、ほんとうに伸哉くんが実験に使われてたなら――私、叔父さんを許せない」

俺と朝野は顔を見合わせた。朝野がちいさく頷《うなず》く。俺も頷いた。

「頼む」

頷いた美夏は、よろけることなくしっかりと立ち上がった。

病院の調査を美夏に任せ、俺と朝野は手分けして実験体の少女たちを確保しようとして――そして失敗した。全員がほぼ同時に、何者かによって拉致《らち》されていたのだ。

俺の――あるいは俺と美夏の離反に気づいた剛三が手を回したに違いない。

「どうする」

問うと朝野はかるく息をつく。

「仕方ない。病院に乗り込んで、渡良瀬先生と合流しよう。急がないと」

「……？　どういう意味だ？」

歩き出した朝野の最後の言葉が理解できずに訊《たず》ねる。歩をゆるめずに朝野は言った。

「たぶん院長先生今ごろ怒り狂ってる。渡良瀬先生を検査して怒った時と同じ理由で」

そう言われてやっと、俺は美夏が実験体に適さなくなった理由を理解した。


美夏は医療ネットワークにアクセスする権限を持ってはいるが病院の職員ではない。専用の端末を持っていないのだ。だから俺の執務室を使えと言ってあった。

美夏から病院を出たという連絡はない。だからまだ病院内にいるはずだったが――執務室は無人だった。かすかに、なにかこげくさい匂《にお》いが漂っている。

そして、床に――血痕《けっこん》があった。まだかわききっていない、生々しい血痕が。

美夏は――。

血痕の傍《かたわ》らに膝《ひざ》をついて、俺はしばらく呆然としていた。ここが敵地だということはもちろんわかっていた。だが――。

「先生。情報は。なにかない」

戸口で回りの気配をさぐる朝野が声をかけてきた。

「あ――ああ」

この際、朝野の無感動な声は救いだった。感情を排して動かなくてはならない時はあるのだ。俺は立ち上がり、パソコンの電源を入れる。

だが――医療ネットワークにアクセスすることはできなかった。俺のパソコンはネットワークから切断されていたのだ。

「くそ……っ！」

美夏を失って、収穫はなしか！　俺は思いきり椅子《いす》を蹴《け》り飛ばす。

と――椅子の脚《あし》が何かを踏んだような音がした。

俺は床には何も置いていなかったはずだ。再び血痕の傍らに膝をついて、机《つくえ》の下をのぞきこむ。

そこには、一枚の見慣れないフロッピーディスクがあった。急いでパソコンに読み込ませ、記録されていたデータを呼び出す。

それはカルテのデータだった。俺にはすでになじみのある名前ばかりだ。

茜　のぞみ　ＦＦ反応確認　現在投薬中
荻原　恵　ＦＦ反応確認　現在細胞維持中
朝野真理　ＦＦ反応確認　現在接触不能・状態不明

どうやら、このＦＦ反応というのが、例の薬の反応のことらしい。

そして俺はもう一つファイルがあることに気づいた。表示させる。

南優月　ＦＦ反応確認　投薬許可申請中

「南だと！」

思わず叫んだ俺に朝野がこちらを見る。

「優月？」

「南さんに——反応があるらしい。まだ新しい記録だ」

「新しい記録なら、まだ優月は確保されてないかも」

「同感だ。学園へ戻ろう」

朝野が頷いた。

「はっ……はぁぁん…………熱い、あついよぉ…………んはぁぁ……」

学園の中で南がいる確率の一番高い場所、すなわち保健室に入ろうとした時。

扉の隙間《すきま》から甘ったるい声が聞こえてきた。

「い、いいの、いいのぉ……あ、いっちゃう、いっちゃうぅ〜〜、あぁぁぁんっっ！」

微妙に間延びのした語尾は、間違いなく南のものだった。そしてそれにかぶせるようにして、声がもう一つ。

「かまいませんわよ。何度でもイッてくださいな。そうすれば楽になりますわ」

聞いた瞬間に背中に虫酸のはしる声——夏樹陽子の声だった。

「ほら、ここはいかが？　私、あなたのような子をかわいがるのは慣れておりますのよ」

「あぁん、あぁんっ！　い、いい、気持ちいい〜〜っ！　そこ、そこぉ、もっとこねて、つまんでぇ……あっ、いく、またいっちゃうぅ〜〜」

南の声にかき消されて聞こえないだろうが、静かに戸をあけ、室内へすべりこむ。

保健室のベッドの上で、南が夏樹になぶられていた。快楽に正気を失っているのが、焦点のぼやけた瞳《ひとみ》で一目瞭然《いちもくりょうぜん》だ。

「はふぅっ……ぁ、あつい……とけちゃう……とけちゃうよぉ〜」

「ふふふ……かわいらしいこと。さ、もう一度いきそうではありませんこと？」

勃起《ぼっき》した南の乳首を舌先で転がしながら、夏樹の指先が南の股間《こかん》でにちゅにちゅとうごめく。南は切なげに眉《まゆ》を寄せ、自分から腰を浮かせて夏樹の手に秘部を押しつけた。

「い……い、い…………いい、よぉ……も、しんじゃ……う…………あ、あっ、あっ！　いく、いっちゃう……もう、もうだめぇぇぇぇっ！」

全身をのけぞらせて絶叫し、激しく痙攣《けいれん》すると南はがっくりとシーツに体を落とした。どうやら失神したらしい。

「ふふ……」

南の秘所から指を引き抜き、夏樹はにたりと笑うと自《みずか》らの指にべっとりとまとわりつき、泡《あわ》だっている南の愛液を丁寧《ていねい》に舌で舐《な》め取りはじめた。

朝野と視線を見交わし、頷き合って、俺は立ち上がった。

「夏樹さん」

「？　……あら、仲哉さん」

夏樹は驚いた様子もなくこちらへ視線を向けると、にっこりと微笑《ほほえ》んだ。

「ちょうどよかった。お会いしてお話ししなくてはいけないことがありましたの」

そう言ってベッドを降り、いくらか乱れた衣服を整える。

「僕にお話とは？」

「たいしたことではないのですけれど」

婉然《えんぜん》と、夏樹は笑い——、
かちりと乾いた音がした。

「死んでくださいな」

銃口がまっすぐに俺の顔を狙《ねら》った。

「……なんの冗談ですか」

夏樹の背後で、動く影がある。朝野だ。ぐったりしている南をそっと担ぎ上げ、夏樹から離れたところへ連れていく。

そう——今はなによりも、南の確保が優先だ。俺は朝野の作業が終わるまで夏樹の気を引きつけておかなくてはならない。

「冗談などではありませんわ」

高慢な口調で夏樹は笑みを広げる。

「仲哉さんのおかげで計画は大幅な後退を強《し》いられましたの。かろうじて廃棄処分をまぬがれて生き長らえさせてもらっている失敗作の分際で、実験体を台無しにするなど——許される所行ではございませんでしょう？」

「僕には、なんのことかわかりかねますが」

朝野の推測はあたっていたらしい。

「具体的に、僕が何をしたのか、教えていただけませんか」

夏樹の、きれいに整えられた眉が険しく寄った。

「実験は新たな段階に来ておりましたの。清らかな少女を使って、より無垢《むく》な、最終実験に適した実験体を制作する段階に。——時間をかけて選別し育ててきた母体を、あなたは汚《けが》したのですわ。なんという不遜《ふそん》な。できそこないのくせに！　あなたも、あの女も——図々しいにもほどがあります」

「あの女？　誰《だれ》のことですか」

「あなたの従姉妹《いとこ》さまですわ。こそこそとネズミのように嗅《か》ぎ回って——いやらしい。どうぞ、お二人で仲良く地獄《じごく》へご出発なさいませ」

にっこりと。まるで幼女のように微笑むと、引き金にかけた指に力をこめた。

銃声——

「きゃあああっっ！」

悲鳴をあげたのは、夏樹だった。夏樹に飛びかかった朝野の体当たりが銃口の向きをそれさせ、夏樹自身の脚を撃《う》ち抜いたのだ。

「痛い……痛い痛い痛いーーっ！　なんてことをするの、この……ひっ！」

罵声《ばせい》をあげ、朝野を睨みつけようと顔をあげた夏樹は喉《のど》をひきつらせて悲鳴を呑《の》み込んだ。夏樹の取り落とした銃を拾った朝野が、まっすぐに夏樹の額に銃口を向けたのだ。

さっきまでの俺と夏樹の位置取りなら、すこし銃口がそれれば俺は致命傷は負わずにすんだだろう。だが、その距離では——外しようがない。

「朝野昇と、朝野眞子。知ってる」

静かに朝野が問う。夏樹はわずかに首を傾《かし》げ、そしてけがらわしいものを思い出したように口元を歪《ゆが》めた。

「ああ——ええ、思い出しましたわ。ずいぶんと古い型ですわね。とうに廃棄処分されておりましてよ」

ぴくりと、朝野の眉が動いた。

「な……なんですの？　ちょ、ちょっと……わ、私を撃つつもり？　そんなこと、許されませんわよ！　し、……仲哉さん！　いえ、仲哉さま！　このおかしな娘をとめてください！　た、助けてくださいましたら、いくらでもお役に立ちますから！」

「朝野」

俺は夏樹を警戒しつつ、朝野の傍らへ行った。朝野の手から拳銃《けんじゅう》を取り上げる。あらためて夏樹に向けた。

「こんなクズにかまってないで、南を安全な場所へ」

「…………」

朝野は無言で夏樹を見据《みす》えている。おそらくは——にらんでいるのだろう。

だが。

「わかった」

ぼそりと頷き、朝野は身を翻《ひるがえ》した。ぐったりしている南を半ば引きずるようにして、保健室を出ていく。ほうっ、と夏樹が吐息をもらした。

「なんなんですの、あの小娘。どこかおかしいんですのね。――仲哉さま、あんな娘より私のほうがお役に立ちましてよ？」

「では、その証《あかし》に――医療ネットワークへの、あなたのパスワードを教えてください」

「そんなこと、おやすいご用ですわ。ローマ字で……夏樹」

「ありがとうございます。……ではもう一つ、確認させていただきたいのですが」

丁重に訊ねる。

「先ほど、おっしゃっていましたね、二人で地獄へ――と」

「え？　ああ、え、ええ……」

夏樹の視線が泳ぐ。

「俺を裏切ったあの美夏は、死んだんですか」

わざとそう言った。夏樹をひっかけるために。

どうやら俺が美夏を利用していただけだと思ったのだろう。夏樹の口元に卑屈《ひくつ》な笑いが浮かぶ。

「ええ――……ネットワークをハックしようとしましたから。その銃で背中から……」

夏樹は最後まで言うことができなかった。

俺の発射した銃弾が、顔の真ん中をぶち抜いたからだ。


静かな足音が聞こえた。

保健室の戸が開き、そして足音が近づいてくる。

「カッコつけすぎ」

無表情な声が、うす暗い室内に静かに響く。

「自分が汚れ役をかぶるなんて」

「殺したかったから殺した。それだけだ」

そちらを見ずに、俺は言葉を返した。

「こいつは、美夏を殺した。だから復讐《ふくしゅう》したんだ」

「大切なものを無くした。それで傷ついてる」

「ただの復讐だ」

さらに足音が近づいてくる。制服のスカートと膝から下が視野に入って来る。ついでその膝が折れて、カーディガンを着た上半身と、無表情な顔が。

腕が伸びてきて、俺の背中に回る。瞳が閉ざされ、そして唇が俺の唇に重なった。

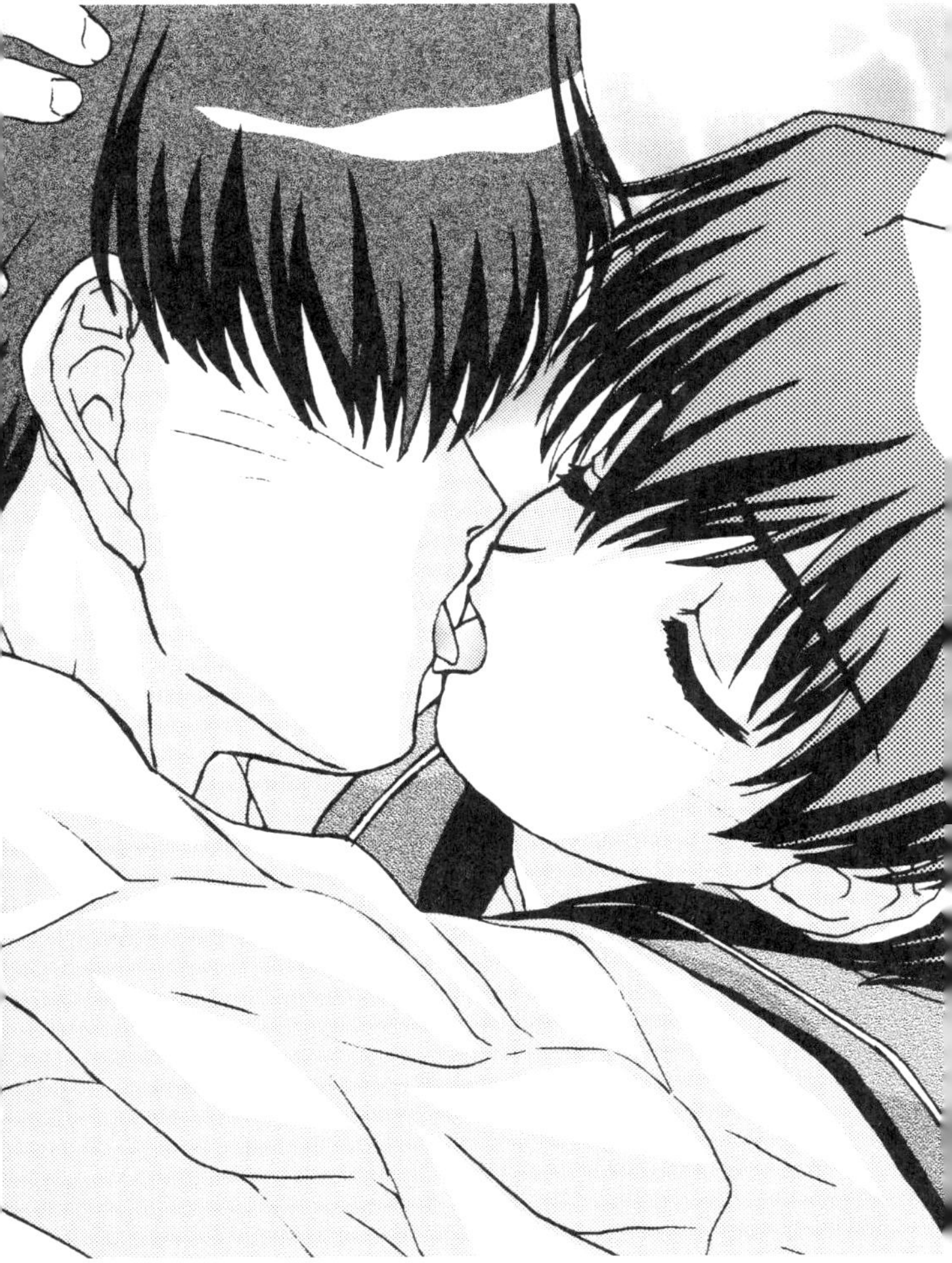

「先生って、ばか」

「慰めか」

「気まぐれ。いいでしょ」

「そうだな」

もう握っている必要のない拳銃を傍らへ置き、もう一度、唇を重ねた。


小ぶりの乳房をすっぽりと包むように手のひらで覆って、円を描くように揉《も》みしだく。

「はぁ……ぅんっ…………」

心なしか、朝野の声は以前聞いたものよりも甘い。

「せん、せぇ…………」

抑揚《よくよう》もあるように思うのは、気のせいだろうか。

そして、俺に触れられるごとにもれるちいさな声が、俺の愛撫《あいぶ》に応《こた》えて震える体が、いとおしいと思うのも——。

「せん、せ……」

朝野が太腿《ふともも》を俺の股間に押しつけてくる。

「熱い、ね」

「そうか」

奇妙な気分だった。

俺は女を征服することに、屈辱《くつじょく》や絶望に歪んだ表情にこそ興奮するというのに。

なぜこんなにも甘ったるい声に股間が疼《うず》き、はちきれそうに膨張しているのだろう。

今だかつてなかったほど、俺の肉棒はいきり立っていた。

「先生……やさしい」

「そんなことはない」

「ううん……わかる。やさしい。わたしを大事に扱ってる」

「気のせいだ」

「はぁ、っ……あ、ふぅ……」

「やさしくなんかない」

「はっ……あ、ん……そこ、気持ち、いい…………」

柔らかな吐息。俺は朝野の服をまくりあげ、露出した肌に手をすべらせ、唇を押しあて、舌を這《は》わせていく。小柄な朝野の体が荒くなる呼吸に合わせてうねる。

「やさしい、手……んぅっ……」

朝野の手がのびてきて。

俺の髪をいとおしげに撫《な》でた。

たまらない感情がこみ上げてくる。

「朝野――いいか」

起き上がり、ズボンからかちかちになったものを取り出す。薄闇《うすやみ》の中で、ほんのりと頬《ほお》を上気させた朝野がこくんと頷いた。

そこはしっとりと濡《ぬ》れていた。とても、自然に。

手で支えて入り口を探し、ゆっくりと体重をかける。

時間をかけて、つながっていきたい――なぜかそう思っていた。

「きつかったら言え」

「大丈夫……」

ほんのりと――朝野が笑ったような気がした。

「でも、そういうふうに言ってもらうの、嬉しい」

「ゆっくり入れる」

「うん。……あ、…………入って、……き、た……」

「ああ――。まだ途中だ」

「うれしい。もっと、入って来るのね」

「そうさ」

「ん、ぁっ……そこ、いい……」

ゆるやかにはじまった交合だった。時間をかけて密着し、そして互いに互いを抱きしめてゆっくりと腰をうねらせる。

だが次第に、ペースはあがっていった。

「は、っ……はぁっ、せんせ………あ、もっと……」

「朝野……く、っ……」

どちらが急いでいるのでもなく。

ごく自然に。

俺たちは高まっていった。

「んぅっ……そ、こ……いい、あっ、わた、し……いっちゃい、そ……。せんせ………来て、せんせ……！」

「お、れも……もう、そろそろ……」

「出して、先生、なかに……一番奥に…………んああっ！」

「う、くぅ……っ、出すぞ――！」

「せん、せぇ……っ！」

朝野の高い声が響いて。

同時に俺をすっぽりと包み込んだ柔肉が一気に収縮して根本から先端まで締め上げる。

互いに固く抱き合い、互いに大きく背をそらして。

俺たちは達した。

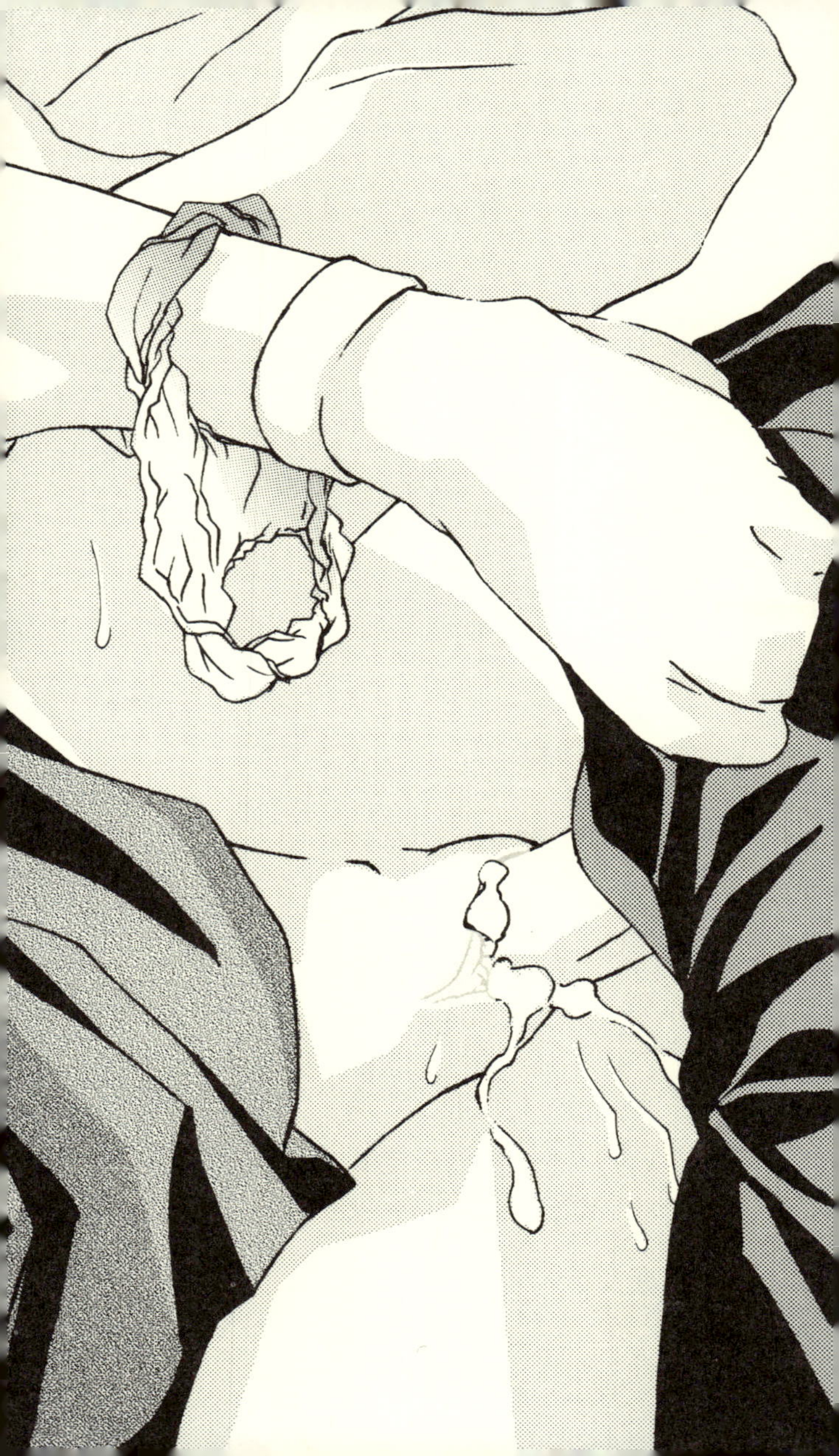

ローマ字で夏樹。そのパスワードで呼び出すことのできたファイルをすべて、フロッピーにおさめた。

今まで知りもしなかった――存在を想像さえできなかった、おぞましい計画のほぼすべてを、俺たちは知ることができた。

そしてそれを手に、俺は南條剛三の前に立った。

俺は朝野に帰れと言った。朝野は俺に帰れと言い――結局、二人でこの場にいる。

「医療ネットワークは、本来はあなたの提唱したものではなかったのですね。古い論文を見ましたよ。あなたの論文は、遺伝子改造を提唱していた。医療ネットワークの原型とも言える論文を発表したのはあなたの同僚、工藤《くどう》だった。あなたの論文はほとんど評価されず、一方で工藤氏の論文は高い評価を得た。あなたは嫉妬《しっと》し――工藤氏の論文を横取りした。工藤氏を死なせることによって」

「それがどうした」

自分以外の人間などすべてゴミも同然だと思っている厚顔無恥な男は動じなかった。

「それを証明できる手段などない」

「そうですね――すべて憶測だ。ですが、あなたが今医療ネットワークの裏で行っている非人道的な実験は、立証することが可能です」

「ほう？　そして貴様はマスコミの前に出て言うのか、私が死人の遺伝子を移植されて生まれた、本来人権など与えられるべくもない異常な生物です、と」

悪意のしたたる嘲笑に顔が歪んだ。朝野をはじめとする少女たちは皆、まだ実験を施されてはいなかった——その前に俺が犯すことで実験を阻《はば》んでしまったからだ。

「それとも、あの色素の壊れた娘を生《い》け贄《にえ》にさし出すか。もともと弱い個体だ、好奇の目にさらされてすぐに衰弱死することだろうな」

「く……」

俺自身をマスコミの奇異の目から隠すために下澤を生け贄の羊に——？

「待って、伸哉くん！」

背後から響いた叫びが、俺を驚愕《きょうがく》させた。

ゆっくりとふり返った視線の先に——。

「美夏……」

「お願い、もうやめて——。この社会はもう医療ネットワークなくしては成り立たない。あなたの告発は、オーダーメイド医療の裏だけではなく、医療ネットワークすべてを破壊してしまうのよ。それは……あなたの破滅にもつながってしまう……」

「……どういう意味だ」

美夏の瞳に大粒の涙が浮かんでいた。

「私、聞いてしまったの——……仲哉くん、古い型の実験体であるあなたは、医療ネットワークがなくては生きていけないの」

涙が、美夏の頬へと落ちる。

「ごめんなさい仲哉くん……私、私そんなの耐えられない。仲哉くんに死んでほしくないの。あなたに——生きていてほしいの！」

ほんのわずかの間。俺はたぶん、呆然としてしまったのだと思う。

あれは不要品だ、という言葉を聞く以前から。いや、記憶にある限り、一度として。

俺は——おまえが必要だ、という言葉をかけられたことがなかった。

初めて耳にしたその言葉が、俺の意識をごくわずか、空白にした。

「先生！」

鋭い声にはっと我に返る。視野の隅《すみ》に、剛三が素早くデスクから取り出した拳銃を構えたのが見えた。横飛びに飛んで、攻撃をよける。腕に熱い痛みを覚えた。

だが同時に、俺の銃からも弾丸は放たれていた。俺と剛三はほぼ同時に床に倒れる。

誰よりも早く動いたのは、飛び込んできた朝野だった。剛三のところへ駆け寄り、やつの取り落とした銃を拾い上げ、そして剛三の眉間《みけん》へ向けて構える。

「院長先生」

第６章　対決

昨夜聞いた声は、やはりきっと気のせいだ。そう確信が持てるほど、朝野の声は平板で抑揚を欠いていた。

「聞きたいことがある」

「なんだ……小娘」

「朝野昇と朝野眞子」

その名前に剛三はこめかみのあたりをわずかにひくつかせた。

「……ふん、あの馬鹿者どもか」

夏樹がそうだったように、けがらわしいもののようにその言葉を吐き捨てる。

「なぜ殺したの」

「私に背《そむ》いたからだ」

「そう」

間髪を入れずこたえた剛三に、朝野は静かに頷き、そしてなんのためらいもなく、引き金を絞った。貫禄《かんろく》のある巨体が一度魚か何かのように跳ねて、そして動かなくなる。

「ほんとうは、医療ネットワークのことはどうでもいいの」

まだうすく硝煙《しょうえん》をあげている銃口を俺に向けて、朝野は言った。

「わたしは、復讐を果たしたかっただけ」

「そうだな」

それは、ひどく朝野らしい言い草に思えて、俺は笑った。

俺は南條剛三の息子だ。朝野が許せないのも当然だろう。

笑みを浮かべたまま、まっすぐに銃口を見る。

銃の向こうにいる朝野を。

無表情な目が俺を静かに見た。

「さよなら」

銃声が響いた。

エピローグ

「暑くなったね」

目の上に手をかざして、真理が言う。視線を向けた先、電気店のショーウィンドウにいくつも並んだヴィジョンはちょうどニュース番組をやっていた。

「きれいにもみ消されたね」

南條剛三の死は、じつに穏やかに、自然死として報道されただけだった。南條学園の保健室に転がっていたはずの女の死体も、病院であった銃撃戦も。何一つ、報道されていない。

医療ネットワークとオーダーメイド医療は、南條剛三だけのものではなかった、ということだ。

考えてみれば当然のことかもしれない。立役者とはいえ、たった一人の発言力が一つの国を——最終的には世界をも動かすことなど、もうこの時代にはあり得ないことだ。ただ、剛三の存在が目立っていただけで。

剛三のバックにはさらに巨大な権力者がいる。オーダーメイド医療と医療ネットワークが確立してしまった今、剛三一人が消えても、世界はさしたる打撃を受けない。

「どう思う先生」

真理の言葉は相変わらず抑揚《よくよう》に乏しい。だがこのごろ、俺《おれ》はその中にひそむ微妙なニュアンスの違いを理解できるようになってきていた。

ずっと二人で行動しているからだろうか。

「俺は先生じゃない」

「じゃあ伸哉」

「……名前で呼ぶな」

むっつりと返すと、くす、と笑い声が聞こえた。

「医療ネットワークはでかくなりすぎた」

「そうだね」

「すべてを覆《くつがえ》すにはもっと入念な準備が必要になる」

「うん」

結局、俺たちのやったことは、自分たちの気に入らない存在を消しただけのことだ。問題の根本的な解決にはなっていない。

「でもやるんでしょ」

「……間に合うならな」

俺は立ち上がった。空を見上げる。

初夏の日差しがまぶしい。

俺と真理は、自分たちのデータを医療ネットワークから消去した。南條伸哉、そして朝野真理はもう——形式の上ではどこにも存在しない人間だ。

美夏が言っていたことが本当なのかどうかはわからない。もし医療ネットワークから切り離された俺に残された時間が少ないなら、いずれそれとわかるだろう。

それまでは——準備を進める。

あの男の存在自体を、すべて否定するために。

それが——俺の復讐《ふくしゅう》だ。

「美夏、元気にしてたか」

「うん。伸哉のこと待ってるって言ってた」

「待たなくていい」

「わたしに言っても伝わらない」

「それもそうか」

うすく笑って、真理を見た。このごろは時折、すこし表情らしいものを見せるようになった——俺の女神。

この女に出会って、俺は初めて自分の人生に目的を得た。

復讐という、くだらない目的だが——俺のような男には似合いだろう。

「真理」

「なに」

「あの時なぜ俺を撃《う》たなかった」

「わからない？」

「今だにナゾだ」

「鈍感」

「……うん？」

拗《す》ねたような声に驚いて真理を見ると、本当に真理は唇をすこし尖《とが》らせて俺をにらんでいた。

笑みがもれる。

「行くか」

「うん」

真理は頷《うなず》いて——微笑《ほほえ》み、俺に向けて手をのばした。

END

あとがき

ありがとうございます。前薗はるかです。

ぱれっとさんの大作、「復讐の女神」の小説版、いかがでしたでしょうか。

原作ゲームはもっともっともっとエロいシーンがてんこもりなんですが、ノベルス一冊は有限なので半分以上の女の子とは一回しかできなかった（って私がするわけじゃないんですが）のがちょっと残念だったかも。原作未プレイのかたはぜひお気に入りになったあの子をおとしてたっぷりいたぶってあげてくださいね♪　いろんなプレイもありますし、女の子たちはフルヴォイスですし。かわゆい声があんあん泣いてると思わずじっくり聞き入ってしまいます。

もっとH書きたかったなー、と思いつつも、でもふだんのパラダイムノベルスよりページ数は多いんですよね。編集さんにはいつもいろいろ調整していただいたり、ご迷惑おかけしております。ありがとうございます。

ここまで読んでくださったかたも、ありがとうございます。またお会いしましょう。

２００３年７月　前薗はるか

復讐の女神 -Nemesis-

2003年 8 月15日 初版第 1 刷発行

著　者　前薗 はるか
原　作　ぱれっと
原　画　たまひよ

発行人　久保田 裕
発行所　株式会社パラダイム
〒166-0011東京都杉並区梅里2-40-19
ワールドビル202
TEL03-5306-6921 FAX03-5306-6923

装　丁　妹尾 みのり
印　刷　株式会社秀英

乱丁・落丁はお取り替えいたします。
定価はカバーに表示してあります。

既刊ラインナップ

定価 各860円+税

1 悪夢～青い果実の散花～
2 脅迫
3 痕～きずあと～
4 慾～むさぼり～
5 黒の断章
6 淫従の堕天使
7 Esの方程式
8 歪み
9 悪夢 第二章
10 瑠璃色の雪
11 官能教習
12 復讐
13 淫Days
14 お兄ちゃんへ
15 緊縛の館
16 密猟区
17 淫内感染
18 月光獣
19 告白
20 Xchange
21 虜2
22 飼
23 迷子の気持ち
24 ナチュラル～身も心も～
25 放課後はフィアンセ
26 骸～メスを狙う顎～
27 朧月都市
28 Shift!
29 いまじねぃしょんLOVE
30 ナチュラル～アナザーストーリー～
31 キミにSteady
32 ディヴァイデッド
33 紅い瞳のセラフ
34 MIND
35 錬金術の娘
36 凌辱～好きですか？～
37 My dearアレながおじさん
38 狂＊師～ねらわれた制服～
39 UP!
40 魔薬
41 臨界点
42 絶望～青い果実の散花～
43 美しき獲物たちの学園 明日菜編
44 淫内感染～真夜中のナースコール～
45 MyGirl
46 面会謝絶
47 偽善
48 美しき獲物たちの学園 由利香編
49 せ・ん・せ・い
50 sonnet～心かさねて～
51 リトルMyメイド
52 flowers～ココロノハナ～
53 サナトリウム
54 はるあきふゆにないじかん
55 プレシャスLOVE
56 ときめきCheckin!
57 散櫻～禁断の血族～
58 Kanon～雪の少女～
59 セデュース～誘惑～
60 RISE
61 虚像庭園～少女の散る場所～
62 終末の過ごし方
63 略奪～緊縛の館 完結編～
64 Touchme～恋のおくすり～
65 淫内感染2
66 加奈～いもうと～
67 PILE・DRIVER
68 Lipstick Adv.EX
69 Fresh!
70 脅迫～終わらない明日～
71 うつせみ
72 Xchange2
73 M.E.M.～汚された純潔～
74 Fu・shi・da・ra
75 絶望～第二章～
76 Kanon～笑顔の向こう側に～
77 ツグナヒ
78 ねがい
79 アルバムの中の微笑み
80 ハーレムレーサー
81 絶望～第三章～
82 淫内感染2～鳴り止まぬナースコール～
83 螺旋回廊
84 Kanon～少女の檻～
85 夜勤病棟
86 使用済～CONDOM～
87 真・瑠璃色の雪～ふりむけば隣に～
88 Treating 2U
89 尽くしてあげちゃう
90 Kanon～the fox and the grapes～
91 もう好きにしてください
92 同心～三姉妹のエチュード～
93 あめいろの季節
94 Kanon～日溜まりの街～
95 贖罪の教室
96 ナチュラル2 DUO 兄さまのそばに
97 帝都のユリ
98 Aries
99 LoveMate～恋のリハーサル～
100 恋ごころ
101 プリンセスメモリー
102 ぺろぺろCandy2 Lovely Angels
103 夜勤病棟～堕天使たちの集中治療～
104 尽くしてあげちゃう2
105 悪戯Ⅲ
106 使用中～W.C.～
107 せ・ん・せ・い2
108 ナチュラル2 DUO お兄ちゃんとの絆
109 特別授業
110 Bible Black
111 星空ぷらねっと
112 銀色
113 奴隷市場
114 淫内感染～午前3時の手術室～
115 懲らしめ 狂育的指導
116 傀儡の教室
117 インファンタリア
118 夜勤病棟～特別盤 裏カルテ閲覧～
119 姉妹妻
120 ナチュラルZero＋
121 看護しちゃうぞ
122 みずいろ
123 椿色のプリジオーネ
124 恋愛CHU! 彼女の秘密はオトコのコ？
125 エッチなバニーさんは嫌い？
126 もみじ「ワタシ…人形じゃありません…」
127 注射器2
128 恋愛CHU! ヒミツの恋愛しませんか？
129 悪戯王
130 水夏～SUIKA～
131 ランジェリーズ
132 贖罪の教室BADEND
133 -スガタ-
134 Chain失われた足跡
135 君が望む永遠 上巻
136 学園～恥辱の図式～

最新情報はホームページで！　http://www.parabook.co.jp

137 蒐集者 コレクター
原作：ミンク　著：雑賀匡

138 とってもフェロモン
原作：トラヴュランス　著：村上早紀

139 SPOT LIGHT
原作：ブルーゲイル　著：日輪哲也

140 Princess Knights上巻
原作：ミンク　著：前薗はるか

141 君が望む永遠 下巻
原作：アージュ　著：清水マリコ

142 家族計画
原作：ディーオー　著：前薗はるか

143 魔女狩りの夜に
原作：アイル【チーム・Riva】　著：南雲恵介

144 憑き
原作：ジックス　著：布施はるか

145 螺旋回廊2
原作：ruf　著：日輪哲也

146 月陽炎
原作：すたじおみりす　著：雑賀匡

147 このはちゃれんじ！
原作：ルージュ　著：三田村半月

148 奴隷市場ルネッサンス
原作：ruf　著：菅沼恭司

149 新体操（仮）
原作：ぱんだはうす　著：雑賀匡

150 Piaキャロットへようこそ!!3 上巻
原作：エフアンドシー　著：ましらあさみ

151 new～メイドさんの学校～
原作：SUCCUBUS　著：七海友香

152 はじめてのおるすばん
原作：ZERO　著：南雲恵介

153 Beside～幸せはかたわらに～
原作：F&C・FC03　著：村上早紀

154 Only you 上巻
原作：アリスソフト　著：高橋恒星

155 性裁 白濁の禊
原作：ブルーゲイル　著：谷口東吾

156 Milkyway
原作：Witch　著：島津出水

157 Sacrifice ～制服狩り～
原作：Rateblack　著：布施はるか

158 Piaキャロットへようこそ!!3 中巻
原作：エフアンドシー　著：ましらあさみ

159 忘レナ草 Forget-me-Not
原作：ユニゾンシフト　著：雑賀匡

160 Silvern ～銀の月、迷いの森～
原作：g-clef　著：布施はるか

161 エルフィーナ～淫夜の王宮編～
原作：アイル【チーム・Riva】　著：清水マリコ

162 Princess Knights下巻
原作：ミンク　著：前薗はるか

163 Realize Me
原作：ミンク　著：高橋恒星

164 Only you 下巻
原作：アリスソフト　著：高橋恒星

165 水月 ―すいげつ―
原作：F&C・FC01　著：三田村半月

166 はじめてのおいしゃさん
原作：ZERO　著：三田村半月

167 ひまわりの咲くまち
原作：フェアリーテール　著：村上早紀

168 Piaキャロットへようこそ!!3 下巻
原作：エフアンドシー　著：ましらあさみ

169 新体操（仮）淫装のレオタード
原作：ぱんだはうす　著：雑賀匡

170 D.C.～ダ・カーポ～ 朝倉音夢編
原作：サーカス　著：雑賀匡

171 エルフィーナ～奉仕国家編～
原作：アイル【チーム・Riva】　著：清水マリコ

173 はじらひ
原作：ブルーゲイル　著：星野杏実

174 いもうとブルマ
原作：萌。　著：谷口東吾

175 DEVOTE2 いけない放課後
原作：13cm　著：布施はるか

176 特別授業2
原作：BISHOP　著：深町薫

177 超昂天使エスカレイヤー 上巻
原作：アリスソフト　著：雑賀匡

17 D.C.～ダ・カーポ～ 白河ことり編
原作：サーカス　著：雑賀匡

179 いたずら姫
原作：フェアリーテール　著：高橋恒星

180 SNOW～儚雪～
原作：スタジオメビウス　著：三田村半月

181 あいかぎ 彩音編
原作：F&C・FC02　著：村上早紀

182 てのひらを、たいように 上巻
原作：Clear　著：島津出水

183 裏番組～新人女子アナ欲情生中継～
原作：13cm　著：三田村半月

184 SEXFRIEND～セックスフレンド～
原作：CODEPINK　著：布施はるか

185 超昂天使エスカレイヤー 中巻
原作：アリスソフト　著：雑賀匡

186 D.C.～ダ・カーポ～ 芳乃さくら編
原作：サーカス　著：雑賀匡

188 SNOW2～小さき祈り～日和川旭編
原作：スタジオメビウス　著：三田村半月

189 カラフルキッス 12コの胸キュン！
原作：戯画　著：岡田留奈

190 あいかぎ 千香編
原作：F&C・FC02　著：村上早紀

191 超昂天使エスカレイヤー 下巻
原作：アリスソフト　著：雑賀匡

192 てのひらを、たいように 下巻
原作：Clear　著：島津出水

193 復讐の女神 -Nemesis-
原作：ぱれっと　著：前薗はるか

好評発売中！

〈パラダイムノベルス新刊予定〉

☆話題の作品がぞくぞく登場！

194. 満淫電車《まんいんでんしゃ》

BISHOP　原作
南雲恵介　著

　痴漢常習犯、一朗。彼は、薬と卑猥な言葉で女性をソノ気にさせ、電車内で本番までしてしまうのだ。ある日彼の仲間が警察に一斉逮捕された。うその供述で警察に協力した女たちへ、一朗は復讐の刃を向ける…！

195. 催眠学園

BLACK RAINBOW　原作
布施はるか　著

　いじめられっ子の進太はネット仲間から「催眠導入機」をもらう。それは相手を催眠術で自分の思いどおりに操れる機械だった。彼はそれを使い、今まで自分をいじめてきた女生徒たちに、淫らな復讐を始める。